U0130849

香港激情2019

許然
著

目次

號外

一則報導

不好意思，我現在不想再觸碰任何人

在香港最近的政治風波中，由於政治立場不同而導致關係破裂的例子屢見不鮮。在這個割席風行的社會環境裡，政治取向成為每一個人必然要承受的一個標籤。甚至連沒有政治立場、不參與政治的人，也被封上「港豬」的稱號，被視為社會的寄生蟲。在這種局面下，二十（？）歲的「網路紅人」陳一心，便因為一段在十月一日開香檳慶祝的視頻而在香港各大網路論壇上一炮而紅，被線民戲稱為「香檳豬」，諷刺她在緊張的社會環境下置身事外的無態度。在短短的一個月內，她不但因此遭受到網路輿論的攻擊，收到了不下一百封恐嚇郵件，還為此丟失了工作。

本刊多次請求陳一心接受採訪，終於在向她保證會以公正、開明的態度聆聽她的故事以後，才把她約到了本刊的辦公室，進行了一次深度的訪談。

陳一心踏進本刊辦公室時，與網上流傳視頻裡那穿著靚麗、滿面笑容的少女迥然不同。她身著寬大的灰色男裝T恤和運動褲，用鴨舌帽和口罩把臉遮蓋得嚴嚴實實，顯然是恐懼路人認出她來。待她把口罩脫下時，我們看到她沒有化妝的臉上滿是緊張和憔悴。與其握手時，她立即把手伸進褲袋裡：「不好意思，我現在不想再觸碰任何人。」

彼此坐下後，我們隔著長桌，與她展開了如下的談話。

記　者：你開香檳的視頻，我們從很多媒體或論壇那裡都看到了。但對這段視頻的真實來源，我們沒有聽說過。可不可以複述一下這段視頻錄製的真實過程？

陳一心：你們問視頻錄製的真實過程，這讓我覺得挺驚訝。對啊，為什麼從來沒有人問過我這個問題呢？網上的人都說我是參加了什麼中央官員的國慶宴，這太抬舉我了。我一個普通的白領，連國語都不太會講，怎麼可能參加北京的國慶宴？我對政治毫無興趣，也一竅不通。他們說跟我勾搭的那幾個官員的名字，我連聽都沒聽過。

其實事情非常簡單。十月一號是我的生日，而且前一天晚上剛好完成了一個大項目，那天就跟朋友們聚在酒吧，點了香檳來慶祝。開香檳的時候，有在場的朋友幫我錄了視頻，我就把視頻上傳到社交媒體上，跟別人分享一下這一天的快樂，僅此而已啊。

記　者：聽起來是再正常不過的事。但十月一號那天早上，剛好就發生了第一宗「警殺」事件（警察向一名示威者的面部噴胡椒噴霧，該名示威者後退迴避，剛好掉到了被掀開了井蓋的下水道裡，在十月一號早上證實死亡。）而你開香檳的時候，對著鏡頭大喊「死得好，死得好，死蟑螂！」被網友指出不像是慶祝生日時會說的話。請問你當初為什麼會說出這樣的話？

陳一心：你要我解釋這件事，可我幾乎都沒有想要解釋的意願，因為我知道，我講完了你也不信。那天晚上我們去吃飯的路上，有一隻蟑螂從面前爬過，嚇得我差點吐了出來。朋友們知道我對蟑螂一直都有極大的恐懼，於是跟我打賭說，如果我夠膽把牠踩死，今天晚上大家喝的、吃的都由他們買單。踩蟑螂？我哪有那個膽！可碰巧的事情是，朋友剛和我說完打賭的話，就有一些示威者在大街上放煙花，「嘭」的一聲把我嚇得跳起來。這一跳，腳落下的時候，剛好踏到蟑螂上，竟然就這樣莫名其妙地把蟑螂踩死了。所以我說死得好、死蟑螂！——事實就這樣，那個什麼「警殺」的事，我那天聽都沒聽說，我怎麼可能去咒罵警察呢？

記　者：從你的言談之間，你好像的確是對政治沒什麼感覺？

陳一心：政治太可怕了，比蟑螂可怕一萬倍，我躲都躲不及。

記　者：當時你是怎麼知道自己的視頻被放到了論壇上？

陳一心：我知道的時候已經很晚了。那是我把視頻上傳到自己社交媒體的兩天後，上班時開始陸續收到一些陌生號碼的來電和短信，說什麼「港豬去死」啊！「港豬撞車」啊！罵我祖宗十八代啊。一開始我以為是哪個欠債的用了我的手機號，後來上網一查「港豬」，找到的第一個頁面上竟然就是我的視頻。下面的評論裡，說要把我強姦的有，說要把我推到下水道裡以牙還牙的有。後來有人把我的個人資料放了上去，包括我的身分證號碼、電話號碼、家裡住址等等。我真的嚇傻了，完全不知道自己做錯了什麼。我記得很清楚，那天晚上回家以後，他們把我的鑰匙孔用強力膠給封住了，又在外面用紅色的顏料寫了好多可怕的字。接下來的一週，我開始不斷收到恐嚇的郵件，嚇得我那段時間完全不敢出門，連叫個外賣都不敢露面去接。

然而，最痛苦的還不是這些。是過了幾天後，又有人開始「爆料」，說我那天參加的是一個北京官員的晚宴會，言之鑿鑿地說我是妓女。還有許多人，在網上聲稱是我之前的嫖客，仔細地描寫了跟我那什麼的情景。這種冤枉，真的跳海死了都洗不清。你們說，我可以跟誰辯解去？我當然想去解釋，但誰會聽我的？還有好幾個人找到我的公司來，罵我的有、要嫖我的有，還有要我介紹高官認識說給我多少多少介紹費，可以在香港給我買一間屋。

事情就這樣，老闆不想因為我惹麻煩，就讓我拿了兩個月的工資把我開除了。

記　者：雖然你說你是個遠離政治的人，但現在無可避免地被捲入了政治。這件事情過後，你對香港現在的事件，又有什麼新的看法？

陳一心：我只希望社會盡快恢復秩序；希望不會有更多的人像我一樣受到這種誤會和迫害。也希望這件事情平息以後，大家可以漸漸忘記我，讓我過回正常的人生。我知道我今天在這裡說這些，肯定又會惹來不少人的唾罵，但我已經跌到了谷底，不介意了。

記　者：你現在總戴著口罩，怕不怕被誤認為是示威者？

陳一心：現在所有人看我的目光，都好像看著一個妓女，所以我很怕被人認出來。就算認出來，也希望他們認為我跟他們是同一陣線的（笑）。我這人沒什麼原則立場，只有一個保命的問題。群眾瘋起來，真的能殺人。他們說我是豬，但其實我說，集體的意志才是豬。我說這句話沒有貶低誰的意思，因為我也是豬，我才最懂豬。活在這個世界上，有誰不是豬？

記　者：我們想給你一個機會，再一次正式地回應「警殺」事件——有的人說警察是無辜的，而真正的罪魁禍首是那些把井蓋掀開的示威者。你同意嗎？

（由於陳一心從未看過與「警殺」事件相關的資料，我們即場給她播放了示威者墮井的慢鏡視頻。她把視頻重播了好幾遍，又讓我們給她找出死者的照片和身分資料，看完後她把手捂在臉上哭起來。）

陳一心：他真的死了嗎?!

記　者：是的。他在十月一號的早上證實因為傷口感染而身亡。你是怎樣理解這件事情的呢？

（陳一心哭得癱在了地上，我們終止了採訪。）

第一章

天地玄黃，宇宙洪荒，陰陽陰陽陰陽陰——或許是月經要來，陳一心只覺得自己的腦子混混沌沌，如天地初開一樣又黑又黃。當C問她是不是處女的時候，她的問題就好像一束閃電在那片混沌裡一掠而過，使陳一心像個第一次聽到雷聲的嬰兒樣茫然失措。

她見陳一心沒有馬上回答，自己接下道：「唉，我不知道哇。」

C把陳一心拉到離她們最近的一家H&M，在帶著紅色價牌的特價區裡，把衣服一件件拿出來，看一眼又放回去。陳一心隨手翻了翻衣架上的衣服，給C遞去一件紅色格子上衣。她的顱骨裡有一根筋沒完沒了地跳動著，這是一種很遙遠的疼痛，彷彿腦袋裡塞滿了棉花，又有人在裡面用力往天靈蓋揮拳猛打。

C拿了兩條裙子在身上比劃著，煞有介事地問：

「你說，他會喜歡哪條？」

陳一心幾乎是機械性地順著她的話說下去：

「我總得知道他是誰，才知道他的品味吧。」

「嘿呀，你真的八卦死了。」

C的嘴角不禁勾了起來，露出她那排像兔牙一樣小而潔白的牙齒，還有她那飽滿的褐色牙肉。陳一心看著她的嘴，盼望著話題能就此結束——腰間的瘦痛和昨晚灰藍色的夢，互相交纏著，像蛆一般附在她的身上，一滴滴地吸取著她的靈魂；C羞澀的臉色和滿是傾訴欲望的眼睛，在她身上混合成宿醉一樣的頭疼，使她感到一陣暈眩。

陳一心從衣架上挑了兩件低胸的裙子，塞到C的懷裡對她說：「這麼風騷的裙子，無論是什麼男人都會喜歡的。」

「什麼呀，風騷一直不是我的路線啊。」C睨她一眼，抱起衣服，轉身向試衣間走去。陳一心看著她的背影，想起了她剛才問自己是不是處女時，眼睛裡閃起的那種扭捏和興奮。她的心底又轟隆隆地滾動起雷和閃電般的焦慮來，下體沒完沒了地發著癢，就只好把腿交叉起來站著，以免自己禁不住伸手去抓。

C從試衣間回來時，終於禁不住地對她說：「喂，我跟你說了他是誰，你可千萬別跟別人說啊。」

Shit。

「其實……」

C的話被兩人之間的那排衣服隔得很遠。她臉上有一層紅紫紅紫的神祕色彩，彷彿要在這一刻把自己生命的祕密都交到陳一心的手上樣。陳一心看著她臉上鬼祟的期望，突然覺得全身的血都刷地往雙臂上沖，使她不由自主地攢起了拳頭，夾緊了腿，想著自己用雙手把C的祕密掐在她的喉嚨裡，掐得她滿面通紅，從喉嚨裡發出「呼呼」的聲音和樣子。

「其實……其實我喜歡的是B。」

陳一心擺出一副驚訝的樣子。

「哎呀，你不要這樣看著我啦。」

「真的是沒猜到嘛。」

「你說，我該怎麼才能讓他知道我喜歡他？」

「你跟他說『我喜歡你』，他不就知道了。」

C笑著打她的手臂，說她瘋了。

「那你抓住他的手，在你的胸口上用力搓幾下，他肯定也就知道了。」

陳一心的下體溽熱地發著癢，從前面癢到後面，又從外面癢到裡面。C聽了她的話，眼睛瞪得像燈泡一樣大，使陳一心恨不得把她的眼睛砸破。

她伸手狠狠地在褲襠外面抓了一下。

「你好壞啊！我又不要他當炮友。」

「炮友有什麼不好的，男人都喜歡這個吧。」

「上次有人跟我說，凌晨兩點以後，宿舍裡的人如果想要那個，就在門外貼個 post-it（便利貼），然後寫上自己的性別。經過的人如果有興趣，就會推門進來了。」

「啊？那不所有人都知道你想要了？」

「大學嘛，都是這麼自由的啦。其實我不是沒想過跟他這樣……所以我說我不知道嘛，今天就是想約你來討論一下這些東西……」

陳一心不說話，隨手拿了一副太陽眼鏡試著戴上。她盯著牆上鏡子裡自己的臉，像是盯著一個字看了許久似的，被逐漸產生的陌生感嚇了一跳。

「喂，你做什麼不說話，不會是覺得尷尬吧？」

「癡線（神經病），有什麼問題你自己上網查啦。」

C的目光在她臉上掃了又掃，終於下定決心似地問：「所以你也是處啊？」

她的問題像車子輾過路邊揚起的一陣沙子般，污裡污氣，扎眼扎鼻。陳一心看著她無辜的神情，彷彿看到了一張中了劇毒而扭曲的臉，而感到了滲人的恐懼。她怎麼能問出這種問題？陳一心彷彿能看到她問題的背後，湧動著許多如白色蛆蟲般的猜度和想像。

她只覺得在自己的人生中，從來沒有像現在這般希望自己不是處女過。

食堂裡，刀叉相碰的聲音與吵雜的交談聲混成一種白色的噪音，像海洋般把他們淹沒了。陳一心看著對面的A，他笑起來時眼角向下耷拉，有一種老鼠的形態。在這片白色聲音的海洋裡，他的黑眼圈像一片黑色的霧，在他無光的眼珠周圍散開。

她毫無緣由地想：他的黑眼圈那麼深，不會是未破處就要死了吧！

A老鼠般的臉上，漸漸浮現出一副難以置信的神情，彷彿他真的聽見了陳一心的思想。她感覺到肩膀被人輕輕一推，A的聲音如刀一樣割開了她眼前的空氣：

「喂，頂你啊（操你），未睡醒啊？」

他們笑了起來。

陳一心看著B那排凹凸不齊的黃牙，還有C那張笑得泛紅的臉，只覺得自己像是一條突然被人從水裡扯出來的魚，被迫呼吸著水面渾濁不堪、充滿塵土的空氣。她拿起筷子，從叉燒油雞飯裡夾出一塊雞肉送到嘴裡。

有一層油凝固在雞皮上，使厭煩在她心裡油然而生。

她像模像樣地也笑著說：「癡線！」

十二點的食堂像一塊攀滿了螞蟻的麵包樣，擠滿了密密麻麻黑色的人。食堂的空調冷得荒唐，各式食物的氣味凍在一起，半黃半白，又冷又熱。等待取餐的人，臉上都有一種發悶透頂的表情，就連碰上約好一起吃飯的人，他們交談的字句都充滿了發青的無聊。獨自吃飯的人嚴肅地看著手機，臉被手機的光芒染成一種死鐵色——

B的大臉黝黑而正圓，此時張揚在陳一心的視線裡。她不得不別過頭去問A道：「你們剛才跟我說什麼？」

A：「我說我在考慮報名 Case Analysis Team 還是辯論隊，你覺得……」

她盯著他的嘴。他的嘴薄而蒼白，嘴旁長了幾顆鮮紅色的暗瘡。他似乎在講一件關於什麼面試的事情——說話時鼻孔擴大，神情莊重，說出來的話像瀑布一樣在她耳邊一傾而下，只在耳朵裡留下了零星幾點水滴。

陳一心看著他張合著的嘴和鼻孔，發現原來他的額頭上也長滿了暗瘡，還有許多已露出了白色的膿液。

如果跟他上床的話，暗瘡會不會在他射精的那一刻同時爆炸？

她打了個驚顫，不由自主地順著這種想像繼續走下去，想到了C短小的身板，在床上與B的虎背熊腰形成的鮮明對比。她想像著C脫掉衣服以後那笨拙的裸體，就好像一個不穿衣服的孩子樣，使那床上的情景顯得更為怪異和荒誕。

「那你呢？」有人問她。

「我什麼？」她又醒過來似的。

原來問她的人是C。C在現實中的身體與她想像中的裸體重疊起來，使她心底有種藍白的驚慌一閃而過。C被她反問一句後，立刻又嘻嘻地笑了起來說：

「你會不會報名參加財務學會呀？全世界都去面試似的。」

「為什麼要去啊？」

「當了學會會員，以後才可以當學會幹事啊。哎……我也不知道，但當個幹事總是好的吧。」

什麼叫總是好的吧？很多概念總是被好的、好的概括著，比如她父親也經常說：「多吃魚肝油吧，對你有好處的。」他從來沒有解釋過為什麼，只是那樣斬釘截鐵地不斷對她說，她也就一路這樣吃來了。還有洗了手再吃飯，不要隨地吐痰，努力考上大學，好好珍惜自己的貞操，等等等等，都是非常好的。她開始感到煩躁如蒼蠅一樣在血管裡橫衝直撞，讓她的手臂發出輕輕的如蚊翼的顫動，連她手臂上若有似無的柔軟的毛，此時也因為她的焦急而豎得筆直。陳一心把凌亂的想法吞回肚子裡，肚子便開始溽熱起來，只覺得有一種濕濕熱熱的液，一直滲到了她的內褲上。從內到外的，熱乎乎的厭惡，此刻黏附著她的下體——

「你陪我去嘛，我把你加到準備面試的群組裡。」

「哦……好，謝謝。」

她低頭啜了一口裝在黑色塑膠杯裡的咖啡，有一種污水的顏色和酸臭，使她想起快要來月經的時候，還是應該不要喝這種刺激性的飲料。她好似對他們童貞的臉產生了一種敏感的反應，只覺得有千萬隻螞蟻在自己的下體上爬。他們笑得不知所以，讓她的下體滾燙並發癢。她很想伸手去抓，但他們六隻純真的眼睛像射光燈一樣注射在她身上，使她甚至不敢大口呼吸。他們都說了什麼呢？她完全不知道，只知道她內褲裡面刺心地癢著。她想像自己把內褲扯開，伸手用指甲去刮的那感受，於是就頓時產生出一種解脫來。但是她不能真的這樣做，因此坐立不安，彷彿屁股下的椅子把她強行黏住了一般。

「好啦，我去上課了。」A刷地站起來，背上了書包。

陳一心匆匆起身，二話不說地拿起那盤吃了一半的叉燒油雞飯，解放般往餐盤回收處快步走去。剩下那半杯灰褐色的咖啡，隨著她的步伐在咖啡杯裡晃蕩晃蕩著。

鬧鐘聲錘子般一遍一遍地砸在她身上；腰間傳來陣陣的痠痛，彷彿是身體要裂開的前兆。她沒有馬上睜開眼，只是把手指伸到內褲裡面去。她摸到了一片的濕。再把手指拿到眼前看，卻還是一點血都沒有。宿舍房間的方形厚窗上，罩著一層油膩的髒東西，使窗外日光下藍得發青的海面，蒙上了黑黑灰灰的幾個斑點。她不知道可以找誰幫她把窗戶擦乾淨。於是夢就像這扇窗樣異常真實地徘徊在眼前了：

窗外那片灰藍的海——大霧從海面上升起到天上，好似海沸騰了。她站在海邊，海和霧和天無窮無盡地大。無限。無限像那種日本的白色乳膠膠水一般包裹著她——她覺得融為一體的海和霧和天像是要塌下來把她緊緊裹住般，讓她想起有一次去大嶼山看天壇大佛，從大佛的腳跟仰頭看大佛的一陣暈眩，彷彿大佛要倒下來把她砸死樣。她的腿陷進了沙子裡，一直陷到膝蓋處，黏糊糊的使她只能站著等待一種無限塌下來。突然！海裡面有什麼在閃光——是魚的鱗片，金綠金綠。一條很小很小的金色的魚，在海浪與霧中飛行般游動。她盯著那魚看，而那魚即將突破蒼穹，沖出令人窒息的天和地……

她盯著窗外的海，那兒沒有魚，倒是看見早晨的太陽在燈柱上反射出星星點點的金色。她坐起身來，準備起床、刷牙、化妝、換衣服，收拾書包去上課。新的一天在她的眼前迅速地閃過，然後一天又一天的時間在她眼前翻著頁，像是有人用拇指在掀一本每頁都一模一樣的書。「永遠」像夢境裡那白色乳膠膠水，從天上淋下來，包裹著她讓她無法逃脫，淹沒在其中。

她決定早上那一課還是不上了。於是又躺下來，想到了今天要處理的一些事。比如說，她要開始準備過幾天的財務學會面試。到那時，他們必定會問她，為什麼想參加財務學會？可她明明是一支股票都沒買過，連財經新聞也是剛剛才開始看，為什麼要去面試呢？她想起聊天群裡，他們轉發過的財務學會面試經驗總結，想像他們一個個忙得不亦樂乎，覺得所有的事情都像窗戶上的那層髒東西，莫名其妙地湧來了，似乎從來就不容她選擇。

身體裡面的仍然極度地癢。陳一心猜想那癢的焦點應該是在陰道裡面的某一處，但她並不是很清楚自己陰道的入口到底在哪裡。踢開被子，脫下內褲，她把手指伸到屁股後，順道一直往前走，到了那地方，她用食指撥開兩邊突出的肉，再用中指在內側用力的撥弄打轉兒。下面蕩漾起一陣陣的刺痛，四周卻都如牆壁般緊密，並沒有找到一個什麼出口或入口。

難道我是個沒有陰道的人？

她想像自己下體像芭比一樣，只有一塊完整的塑膠。如果真的是這樣，那她的很多問題就無法解決了，比如陰道裡的癢。還有她依然是處女的老問題。她拿起手機，想要上網搜索女人沒有陰道的可能性，卻看見手機通知裡顯示她有許多個未讀短信，這使她慌忙地又把手機放下了。

掛鐘還沒掛在牆上，它倚在桌子和牆形成的直角處，鐘面裡的秒針滴滴答答地轉著一圈又一圈。恆生指數升了又跌了；中美關係斷了又連上了；夢作完又忘了；面試準備過一次又一次，以後還會準備很多次；陰道口找過一次又一次，卻像秒針一樣又回到原位上。似乎一切的事情與她都沒有什麼關係，包括她自己的身體。朦朧地想著這許多的事，她模模糊糊又睡著了。

九月間，天還是往香城大學上蓋了一層被，呼吸時彷彿沒有吸進氧氣，處處是空氣不能完全進入肺泡的窒息感，連視線都是模糊的。從宿舍的窗戶望出去，海似乎死了，傍晚灰紫色的天，籠牢一般罩在大學上，看起來十分的近，似乎要壓到她頭上和胸口上。

一覺醒來後，陳一心覺得膀胱像裝滿了水的氣球一般脹疼著。她一直躺在床上，很快又再一次被鉛球般的膀胱拽到厚重的睡眠裡。後來她餓得睡不下去了，而夢的餘悸還在枕頭邊徘徊不散，就睜眼看著窗外往下壓來的天空，覺得心和身軀跟著天空一起快速地向下沉。

就是這樣的天，B還是發來短信要約她出去散步。

畫個唇膏下樓後，B已經在她宿舍樓下等著了。他深顏色的臉，被暗下來的天染成模糊的灰。他們沿著海邊的步道緩緩地走，肩膀與肩膀之間隔著一個拳頭的距離。B的呼吸聲很重，吸氣的時候，鼻孔像改變光圈的鏡頭一樣迅速擴大，這使陳一心覺得他的存在十分渾濁，似乎永遠帶著一種泥汗味。他的話像車的廢氣從很遠的地方飄過來，說著他去跟朋友喝酒的事，吹噓著自己是如何從下午喝到晚上，還有誰吐了，自己怎麼把對方送到醫院等。他說他喝了一種雞尾酒，叫Flaming Lamborghini，要先在酒杯裡點燃上火，再用吸管連火一起喝進去……

他的內臟一定是被燒焦了，話像一股股濃烈的煙從他肚子吐出來，形成一層薄膜把他包圍住，就像母親肚裡包著胎兒的羊膜囊。

「喂！我要跟你講一件事。」

他突然把陳一心拉到了海邊的欄杆處。兩人倚在欄杆上，海面無聲無息，像偷窺者一樣屏息靜氣。

他從褲兜裡掏出一個Pandora（音譯「潘朵拉」，丹麥首飾牌子）的盒子打開來。暗黃的路燈搖曳著，彷彿他所說的燃燒中的酒精。陳一心隱約看見盒子裡面有一條銀手鏈，上面串了幾顆心形的吊飾。

她馬上猜到他想要做的事，使一種恐懼油然而生。昏暗的燈光下，盒子裡的手鏈閃著狡黠的銀光。這一件又一件莫名其妙的事，是不是會組成她生活的全部？她感受到了命運圈襲的河流，七拐八拐地費了許多功夫，最終還是要流到同一個大海裡，就如這條手鏈一樣多餘和無意義。

B說，手鏈是送給她的，希望她明白他的心意。他渾圓的臉在期盼之中顯得更大更扁。陳一心不知所措，好不容易在臉上咧開一個笑容，卻沒有接過他遞來的禮物，只是說：

「你送我那麼貴重的禮物，我怎麼敢收啊。」

他不完全確定她話裡的意思，愚蠢凝固在他的臉上，使陳一心感到害怕。她想起中學上化學課時的一個實驗，老師把雞爪放進酸性溶液中，然後把盛著溶液的瓶子放在教室的一個角落裡，每天看著雞爪上發白的皮一塊接一塊地腐蝕——B的臉就像最後變得白而混濁的酸性溶液，漂浮著零星的雞皮和油脂般的愚蠢。

他說：「女神嘛，多少錢都要給啦。」

這是多麼讓她頭皮發麻的話。她幾乎可以預言到自己的一生，接下來這幾年裡，或許會有四五個跟B一模一樣的男孩子追求她。最後她會挑上最有擔當的那一個，學著去欣賞，跟他一起去日本旅行，去時鐘酒店開房，和他一樣在畢業後找一份在辦公室上班的工作，跟他一起存錢去歐洲拍結婚照，存錢選擇剖腹產，然後跟他輪流到幼稚園幫孩子排隊拿申請表，在飯桌上聊聊公司同事和別的家長的日常瑣事……最後有一天，當他跟大學同學出去聚會的時候，她會自己牽著孩子的手，站在烏黑一片的、充滿廢氣的香港街頭，看著芸芸眾生對孩子說：「你還有機會啊，baby，你還有大好的人生呢。」

彷彿有人當面打了個噴嚏，把鼻涕都噴到了她臉上；陳一心看著B，恨不得拔腿就跑。然而她只是禮貌地接過了盒子，把盒蓋蓋上，珍而重之地把盒子放回他的褲兜裡：

「我知道有女孩子會比我更喜歡這份禮物。我也不想浪費你的時間。」

B的臉塌了下來，融入死灰的夜色之中。陳一心看著海的尾端那若有似無的燈光，大概猜到了她現在應該要做的事。

等待一個陌生人進房，跟自己做那聽了很多次但從沒有做過的事，到底是怎樣一種等待呢？

吃過晚飯，她把那沓 post-it 找出來，在上面寫了個「女」字，貼到了寢室門上。然後，她躺在床上望著天花板等待，彷彿有另一個自己在天花板上附身看著她。她感覺到自己的四肢僵直——估計是因為靈魂飛上了天花板，自己不能再支配身體的緣故吧。

在她的腦海裡，她開始追溯上一次在現實生活中看到男人那個東西的場景。那場景非常潮濕，像是在閱讀一張濕透了的紙上的字。很小的時候，有一次父親洗澡沒有關門，她隔著滿室的蒸氣看到了——像父親的第三條腿。沒有發展完成的畸形的腿，軟綿綿地順著水勢往下垂。父親的那個東西粗黑肥大，令她聯想到大象鼻子上的皮。那裡有一種原始的東西，在瓷磚鋪成的牆和不鏽鋼的水龍頭之間顯得格格不入。粗黑的毛捲著水珠在蒸氣中輕輕地顫——她看了不該看的東西，褻瀆了生命該有的順序和秩序，於是撒腿就跑了。

她不能想像父母親在床上的樣子。當她看到母親的乳房時，就像看著生物課本裡的乳房一樣，難以想像乳房在床上的動態。父親的那個也一樣，像是永遠都自然地垂在那裡，靜止而沉寂，跟他的臉十分相似。因為這樣，她又不由得對即將看到的男人燃燒起一種期待和恐懼——

門咔嚓打開。魂魄啪的一聲砸回身體裡。陳一心轟隆地坐起身來，神經線嗡嗡地拉到了最緊。

是一個女人。

「對不起！我進錯門了！」

那個女人用英文說。

驟然感受到疑惑、失望和釋然在身體裡蔓延開來。陳一心靠在床邊的牆上，緊繃著的神經線咔嚓地斷開了，僵硬著的肌肉也迅速地融化掉。她沒有力量再這樣等一次了。

女人道了歉卻沒退出去。她散發出一種麋鹿的氣息，在狹小的房間裡，彷彿站得很遠，在河岸的另一邊安靜地打量著自己。

「你有打火機嗎？」她繼而問到，原來是她要抽菸。

陳一心仔細地看了看她。她的輪廓深邃，是個混血兒——講的是英式英文，眉毛填上比她頭髮顏色要深的眉粉，眼線畫到眼尾處往上勾，臉上打的高光和陰影把皮膚混成一片銅色。她似乎是喝酒了，從床上能聞見她身上的酒和肉的味道，與她梔子花的香水味相悖。

「我、我沒有。」

自中學畢業，陳一心已經許久未說過英文。她覺得有種新鮮感像棉花一樣堵住了她的嘴，使她的喉嚨迅速乾枯。

「Oh, that’s ok，不好意思打擾到你了。」

女人轉身要走！

「Hey! 你還想喝酒嗎？」

陳一心這才意識到，自己在無意之中又一次充滿了期待。有心栽花花不開，無心插柳柳成蔭。這種意料之外的情況，使一種冒險的感覺蜂擁而至。她的大腦像是泡在了腎上腺素裡，不自覺地把那女人叫住了。這是她對對方笨拙的模仿？還是她猜想的對方可能會交朋友的方式？

對方站了下來，走到她的床邊，與她握手說：「I’m Victoria（我叫維多利亞）。」

除了之前在學校得獎時上台領獎之外，陳一心並沒有與誰握過手。現在被對方修長而有力的手握住，她頓時意識到自己手上的汗水。有一種匪夷所思的自卑感從心臟滲透出來，使她想起在水裡泡久了以後，手指皮膚上浮現的褶子。她拿出那瓶幾個月前，十八歲生日時在 7-11 用三十塊錢買的小瓶紅酒，兩人對著瓶嘴一人一口地喝，又酸又澀，彷彿在喝胃酸一樣。Victoria 告訴她，自己住在隔壁，上周剛從英國回到香港，因此沒趕得上參加學校的開學活動，兩人也就從未見面。接著她又說，自己的父親是英國人，母親是中國人，她自幼在英國上學，讀大學才來的香港，現在已經大二了。

陳一心問：

「你讀的是什麼 major?」

「生物學。」

喝了酒以後，房間似乎變了樣。只有桌前的閱讀燈開著，燈光被酒精熏得暖和而模糊。牆上稀釋的影子詭變多端，把她舉起又放下。她腹中的躁動催使溫熱的力量像蔓藤一樣爬滿了她的四肢。她看著 Victoria 因仰頭喝酒而往上彎的脖子，很長且帶著肌肉的輪廓，與她坦露的後背相映成呼應的線條。

「那我有個生物學的問題想問一下你。」

「請說。」

Victoria 的臉上沒有一絲醉意。陳一心不得不掙扎著保持理智，就像企圖抓住流動的水。她徒勞無功，最後只變成了一顆水分子，無限的小，啪嗒一聲在 Victoria 似乎清醒的臉上砸到粉碎。

「你有中文名字嗎？」

因為她問題的錯亂，Victoria 笑了。在酒精中，笑聲像珍珠一樣落到陳一心的耳膜上，在她的耳道裡滾動。

「我的中文名字是周曉榕。」

「周……曉……榕，你應該知道……陰道到底在哪吧？」

周曉榕怔了一下說：

「陰道位於膀胱、尿道和直腸之間。但我想你問的應該是陰道口——陰道口在兩個陰唇之間，是個菱形的間隙。」

「這些名字我不是很清楚，但位置大概還是知道的。可我就是始終找不到它，你覺得我會不會是個沒有陰道的人？」她誠誠懇懇地問，彷彿魂魄再一次飛到了天花板上去。她看著床上的自己，只見自己眼睛裡的微絲血管，因為酒精的影響而劈里啪啦地爆裂。

周曉榕提了提眉毛，睨著她微笑。她的眼睛是一種淺而透明的咖啡色，虹膜由無數個深金色的水晶堆砌而成。陳一心看著她的眼睛，就像看進了萬花筒一樣，光線在裡面折射再折射，永遠變動著，永遠見不到底。她又看到她高挺而筆直的鼻梁，驀然覺得她似乎遠在天邊，散發著絨毛似的光，活脫脫是個文藝復興的油畫上的貴族人物，微笑裡充滿油畫人物的距離和光輝。

「哦，你是處女？」

事情被如此簡單直白地說出來，事情就是如此簡單和直白。房間嘩的一聲變得清晰鮮明起來，牆上的影子與牆的邊界也變得十分清晰脆亮了。存在的感覺彷彿炸開了，使她慌得一時說不出一句完整的話。她磕磕絆絆地把英語單詞組織起來，慌慌張張向周曉榕解釋到，她今天晚上在門上貼了張 post-it，其實就是想找個陌生人來跟她發生一些事。

周曉榕忽然笑了笑。

「怪不得你想找到陰道。如果你不介意的話，大家都是女性，我可以幫助你。」

「我……不介意。」

周曉榕從她的小包裡拿出一小瓶滴露消毒搓手液，仔細在每一根手指上都揉了透明的液體。消毒酒精的味道像刀鋒一樣滑過陳一心的鼻翼。有一種醒人的刺激感，讓她的心臟胡衝亂撞。

周曉榕用大人命令孩子的口吻道：

「把褲子脫下吧，內褲也是。」

她的舉動和她的話無一不讓陳一心想到小時候打針的情景。她的眼神與打針的護士一樣見怪不怪，無動於衷，與自己冷颼颼的緊張感形成了鮮明的對比。陳一心的屁股暴露在別人的目光之下，冒起了一層雞皮疙瘩。

「還是把其他的也都脫了吧。」

陳一心脫著衣服，周曉榕順手接過，開始把她脫下的衣服疊得井井有條，放在床腳，臉上看不出任何神情和變化。她讓陳一心躺下來，把雙腿打開，陳一心也就順從躺下了。她看著周曉榕細細地把目光放到自己的身上，像是一個外科醫生看著赤裸的病人，思考著病人身體裡各種內臟的位置樣。

為什麼皇后像廣場沒有皇后像？

周曉榕的目光像是用銅打磨出來般冰冷。陳一心仰頭看著她，就像她在英據時期的祖先第一次踏足開幕後的皇后像廣場時，抬頭迎上維多利亞皇后像那雙若有似無的眼睛般，感覺到自己深深地陷在歷史的迅速變化中。

周曉榕嘴裡的話也像英國國旗樣，是幽幽的藍色：

「你感覺一下，這個位置就是我所說的陰唇了，而這兩片就是陰唇瓣。」

周曉榕用銅做的手指沿著陳一心的陰唇瓣輕輕撫摸，一股又一股的電流從陰唇一直衝到她混沌玄黃的腦子裡，像雲邊滾動著的閃電。

「這裡是你的肛門，這裡是你的陰核，那就是像你的龜頭一樣的東西。」

（「這裡叫告士打道，這裡叫皇后大道，那就是你們以後要敬愛的皇。」）

「這裡是你的陰道口。」周曉榕的食指突然停下來，像獅子撲出去的前一刻，緊緊地盯住獵物，屏息靜氣、引而不發地準備著。

陳一心的心臟似乎如要衝出炮台的炮彈樣猛烈顫抖、晃動著。

周曉榕眉毛間的重量紋絲不動，似乎在那裡凝固了一百年、一千年：

「你現在全身放鬆，我盡量不會弄疼你。」

（砵甸乍說：「香港乃不抽稅之埠，准各國貿易，並尊重華人習慣。」）

她幾乎能聽到陰道撕裂的聲音（他們吹起勝利的喇叭，喇叭的聲音撕破天際），維多利亞皇后手執的權杖直直的穿過了她的子宮頸，搗穿了她的子宮，把她的胃頂到一邊，刺進她的肺——她占領了我！她從喉嚨深處吐出一聲紫紅的尖叫。

她在痛苦中睜大了眼，並沒有從周曉榕的臉上尋找到期待中的歉疚和關懷，只從她近乎冷淡的臉上看到了她對這一切事情的明白和理解，彷彿這一切都是無可避免的，遲早都要到來的，是她必須遭受的現實和宿命。而就這時候，周曉榕看到了陳一心在自己臉上搜索的眼神時，她的嘴角才出現了一絲笑：

「你還未夠濕。」

她輕輕地吻去陳一心眼角的淚水，再輕輕地舔舐她的唇，把柔軟的舌頭伸到她的嘴裡，讓陳一心嘗到自己的淚水，就像維多利亞港的海水一樣鹹。

她吮吸著陳一心的脖子。她每一下的吮吸，都使陳一心感覺到她吸掉了一些自己；她在她的脖子上一路往下，分別種下了香港大會堂，遮打花園，聖約翰座堂，又種下了都爹利街的一杵杵煤氣燈。然後她在她的太平山頂柔柔地舔，再舔。咬。痛。痛。顫。啊。癢。癢。啊，我想……你來！你進來!!啊我的陰、陰唇啊——維多利亞的手指打開了她陰道的港口——水轟隆隆嘩啦啦劈里啪啦從她的身體深處從陰道流到了南中國海——世界各地的神祕的浪潮從陰道一直往上捲到她嘴裡——請在我的身體裡建一個機場跑道然後我想聽見飛機摩擦跑道還有飛機起飛的聲音轟鳴我的耳朵——浪潮在她耳朵爆炸出一朵朵銀色的紫荊花，在夜空中開得劈里嘩啦，比所謂的星星璀璨七四〇·九八萬倍。

第二章

宿舍都是臨海而建的。從宿舍到在山上的校園，要從海邊一直搭升降機往上而行，然後走過一條長長的走廊——像這樣一個絕好絕妙的天氣，可以清清楚楚地看到走廊兩邊的海以及遠處海島的模樣。天空清澈無雲，在海上形成一個粉藍色的蓋子，無雜得像拍證件照的背景般，讓底下的世界出現一種虛擬感。太陽曬到走廊上，陳一心浴在一片黃金裡，帶著腦海中鞭炮齊鳴、旗鼓喧天的凱旋歌曲，向校園徐徐走去。迎面而來的人們的面孔，在她眼裡異常清晰和親切。她仔細盯著每個人的五官，嘗試在他們的臉上捕捉他們是否是處男處女的信息。因為她是一個嶄新的人了，相比起那些鼠頭鼠尾，看起來像未經人事的同學，她領悟到了一個他們所不知的宇宙的祕密。

周曉榕在太陽升起不久就走了，把她送出門後，陳一心又睡了回去。這回真正的沉睡了，夢到了很小的時候有一次回大陸，她所坐的大巴經過一座青黃青黃的山丘，上面長著像陰毛一樣細細疏疏的草。山丘下面流淌著一條小溪，流過大地上大小不一、隨處亂躺的碎石。這是她對大自然的第一次記憶，那時她明確地想：這就是人們所說的郊外呀！媽媽跟她一起看著窗外的風景，突然用一種廣播員字正腔圓的普通話說——

這就是祖國的山河！

陳一心朝食堂走著，周曉榕的臀與她對山丘的印象重疊在一起。她已經接受了欲望的驅趕，同時也接受了生命的洗禮，所以，上帝的光輝照在了她的腦袋上。走廊白色的三角形頂蓋高高地懸在藍天裡，左右兩排以瓷磚砌成的白色柱子，在日光裡像大理石一樣璀璨生輝。她對學校的一磚一瓦，突然感受到一種前所未有的神聖，從而深深體味到自己是一個備受祝福的人。山上的鳥為她歌唱聖詩，所有的樹木都成了橄欖枝。她寬大的外套也像天使的長袍般，迎著晨風飄了起來。

就在這麼情緒高漲的一路上，當陳一心充滿對生命的感恩而走到學術廊前面，準備往食堂的方向走的那一刻，她眼前一閃，一個男同學攔在了她的面前，向她遞出一張鮮紅色的宣傳單，對她說了一句什麼話。

她正想忽略他的存在繼續往前走，他竟又跟著她追了上來，充滿熱情地重複了一遍他的話。他的語調沉穩圓潤，像一塊石頭往水底下沉時冒出的泡泡般。她停了下來，忽然意識到對方正在對她講著普通話。就這樣，他那句話裡的每一個字，猛地開始在她眼前浮現出了橫豎撇捺的輪廓來：

「請你參加我們內地學生聯會這週五舉辦的主題演講會！」

她低頭看到紅底的宣傳單張上，用白色的字體寫著：「主題演講：中央經濟政策」。再抬起頭來，看到面前的人臉孔發白，鼻子上架著細框眼鏡，眉毛茸茸黑黑，像兩條蟲子一樣。他留著的平頭，因為沒及時修剪，而多長了兩公分，因此頭髮在頭頂像雜草樣縱橫交錯。頭髮下細長的眼睛，生硬有力地看著她——這儼然是一張陌生而又讓她一目了然的臉。她對這張臉和擁有這張臉的人，有種說不清的莫名其妙，而這既無親近、也無厭煩的莫名其妙與她這一天膨脹的心情混合在一起，使她有了一種鬼使神差的錯位感，於是她站下，對他說了這樣一句話：

「我唔係大陸人（我不是大陸人）。」

這或許不是她平常會說的話，但那個人撲面而來的熱切，又使她的氣宇軒昂竄上去了幾分。撂下這句話，她背對著他快步地離去，想像著她留下的話怎樣在對方的心裡製造出沉重的一擊。嘩的一聲，她從心底燃起一撮灼熱的快感。

可是，到底是什麼驅使她走了兩步以後，又回頭去看了他一眼？是她要完全確認自己的勝利，還是想在步入學術廊之前再看一次這難得清澈的天空？她轉過頭，看見那個人還站在原地，也在看著她離去的身影。他們在這一刻相望著，她看見自己剛才說的話非常礙眼地如宣傳單上那種的特粗字體樣懸在他們之間的空氣中

那個人瞳孔放大，嘴唇微張，將笑不笑，欲言又止——咯噔一聲，陳一心認出了這副模樣了。那還是在她上小學的時候，有一次因為上課跟同學聊天聲音太大，被老師罰抄課文十遍，父親下班回家時，剛好碰上她在飯桌上邊哭邊抄。他站在門旁遠遠地看著她，什麼也不說，彷彿害怕驚動一隻奇珍異獸樣。當她抬起頭來，跟父親四目相接後，他馬上皺起眉

頭，大步地走回了房間，彷彿根本就沒有看見過她。

幾乎是條件反射般，她慌張起來。慌張像滅火器的泡沫一樣，把她之前的氣焰冷卻了下來：

「我睇下啦（我看一下吧）。」

為了找到一個平衡點，為了把懸在空中的話化解掉，她又回走了，從那個人手裡把那張宣傳單接了過來。

「上面有我的微信，你可以加我，有什麼問題隨時問我。」他平靜地對她說。

她並不回答，繼續往食堂走去。

到了食堂的飯桌上，陳一心很快忘卻了剛才的相遇。吃飯時，對於B那副要看她又不看她的嘴臉，她完全不予理會。在A、B、C三個人的對話的包圍裡，昨晚的事情像水一樣滲進她的思緒中，使她的腦子浸泡在一種涼爽的快樂裡。窗外的陽光照到她公仔麵裡的太陽蛋上，晶瑩剔透的蛋黃讓她聯想到了周曉榕滑嫩的乳房，把麵條吸到嘴裡時，她又想到周曉榕在她的陰核上吸吮的模樣。

C問她：

「喂！你等一下有沒有空，我們可以模擬一下財務學會面試，互相問一下問題啊。」

她說道：

「你讓B跟你練吧，我還沒準備呢。」

C像傻子一樣對她笑。A又開始抱怨起什麼來。他的五官在皺眉的時候擠在一起，讓他臉上的暗瘡看起來更紅更集中，彷彿寫照著青春的扭曲和醜惡。陳一心舔了舔筷子上的麵汁，想起了自己昨夜陰道裡流出來的溫熱液體，到底是甜的、鹹的，還是腥鮮的？回憶著，她突然產生了一個幼稚而又滑稽的想法：

——可憐的處男啊，連我都能睡到女人呢。

這時候，A不知為何長長地歎了一口氣。他歎氣的神情意想不到地老氣，使陳一心想像到他老了以後，在茶餐廳裡剔牙、喝茶、看報紙的模樣兒。她把目光朝他掃過去，聽到他在說：

「那個必修的中文公共課，你們上了沒有？我屌佢老母，我們班上全都是大陸人。」

C：「哇，那你快點換一個班吧。」

B：「算了吧，換來換去，每班還不是有一半大陸的。」

A又說：「上次教授在我們課堂即席演講，我操你媽逼，一個個都只這兒麼兒說話兒的。教授竟乾脆用簡體寫字了，你說離譜不離譜。」

他突然用普通話模仿罵咧著，使C把舉到嘴邊的杯子又放回桌上，誇張地哈哈大笑起來。

「我操你媽逼！」B用粗糙的聲音回應著。

C罵他一聲「癡線」，又笑得彎下了腰，似乎快要斷氣般。B本來晦暗的臉上，也因此亮起了興奮的紅光。陳一心看著C，說不上她是真笑還是假笑。讓陳一心驚奇的是，自己對他們不再有之前那種揮之不去的厭煩感。在某種神聖的回憶下，她像昨晚周曉榕俯視著她那樣，懷抱同樣的憐憫態度俯視著他們。她嗅到了他們話底下涼颼颼的彷徨，看穿了他們那迫不得已的偽裝，鬼鬼祟祟，充滿著青春期幼稚的餘韻。

B：「那你這次算了吧，還是好好上你的英語公共課，可能還有機會把成績拉回去。」

A：「你別傻了。那些大陸人從去年就開始複習了吧。」

陳一心用手托起下巴，把手指蓋在嘴上，用手指尖敲打著人中。他們的話在她的腦海裡徐徐翻滾著，像從樹上飄落下來的一片片枯葉樣使她深思。她一邊想著，又一邊把手捏成個拳頭，用嘴輕輕咬著手指的關節。

A問她：「喂，你怎麼都不說話呢？」

她怔了一下。然而她明白，因為昨夜的事，她在他們的沉默之間，不經意地與他們拉開了人生的距離。他們如鯊魚嗅到鮮血般嗅到了她的改變，也像鯊魚一樣急速地，毫無保留地朝她出擊著。

她從叼著拳頭的牙齒縫裡吐出一句話：

「我月經快到了。」

若不是那麼快地又碰上了他，陳一心大概是連去主題演講會看看的想法都不會萌生。

那天下午的會計課上，教授宣布要當堂舉行突擊考試，給那些一直沒有聽課的學生們一個措手不及的警告。那些穿著學社T恤，為了充分享受大學自由而把頭髮染上扎眼顏色的本地學生，聽到這個消息後，直接拎起了書包就往門外走。坐在前排的內地學生或是交頭接耳，或是迅速地翻閱著課堂筆記，臉上無不凝著一種嚴肅的神情。

陳一心把文具在桌子上排開，既不緊張也沒有信心。直到卷子都發了下來，教授宣布開始考試時，演講廳才啪地一聲回歸到安靜，只剩下鉛筆劃過紙張白花花的聲音。

開考五分鐘後，演講廳裡有一陣嗚嗚的低鳴聲從演講廳的左側傳來。聲音裡帶著一種悲涼又簡單的獸性，像一隻受了重傷的狗發出的聲音般，音量雖輕，卻有著沉厚的感情。翻閱試卷的聲音漸漸止息。低鳴聲在鴉雀無聲的演講廳裡，顯得像警鐘一樣響。陳一心抬起頭來，沿著大家的目光找到了那聲音的來源。

原來是坐在最左側的一個男同學，正用雙手捂著臉，身子前後有規律地搖擺著。他似乎正在哭，額角上一滴滴的汗，由於身體的律動與淚水混在了一起，使他的脖子變得濕亮濕亮。直到他身邊的人拿著一張紙巾，在他手背之前晃了晃，他才終於把手從臉上拿開來，把紙巾接過去。

這樣一來，所有人的目光就如閃電樣，啪滋啪滋地一下都落到了他的臉上。他像觸電般發出了一聲慘叫，直至那聲音到了高處，撕裂開來，他才又一次發自肺腑地喊叫著，猶如有人用匕首一刀一刀地捅著他的後背，使他感受到撕心裂肺的痛苦。

教授從講台上匆忙地向男同學走去。

男同學睜大了雙眼，彷彿看到了極恐怖的事物。教授把手搭在他的肩膀上，嘴裡喃喃地勸告著，讓他冷靜下來，而他把教授的手一下子揪開，使教授踉蹌跌倒在了地上。接下來，那同學用雙手在腰間迅速翻弄著什麼，呼地一聲，他把腰間的皮帶抽了出來。

「我……考不了……我考……考……不行，我……」

他聲嘶力竭地喚，左右手各扯著皮帶的一端，把皮帶緊緊勒在自己的脖子上，雙臂因為用力而不住顫抖著。陳一心這才意識到，自己早已忘記了呼吸。空氣涼颼颼地灌進她的肺裡，她看著那同學的臉脹得紫紅紫紅，在激烈的顫抖下，漸漸失去了人的形態。於是，眼淚自然而然地順著她的眼眶落了下來。她僵直地坐在椅子上，剛才在試卷上看到的幾道題，像廣播一樣來回地在她腦子裡重複播放著。文字，句子，數字，噪音般圍繞著她的頭腦轉，如那同學手中的皮帶般，緊而有力地束縛著她。

突然，演講廳的門被打開了。有個人從門外大步地向那拉著皮帶的同學走過來。他先是把倒在地上的教授扶起來，接著站在那同學面前打量一陣子，猛的一掌狠狠地摑在男同學的右頭部，使那同學的所有的狂躁都一下子戛然而止。

「丟人！」

男同學低下了頭，像一個布偶，身體和靈魂都往下垂著。

繼而那個人在他耳邊快速地說了許多的話。陳一心緊緊地盯著他的嘴，卻怎樣都聽不出他到底在說什麼。只見最後那同學點了點頭，那人便一手奪過皮帶，一手把同學扶了起來，然後像領著一個夢遊的人般，把同學領出了演講廳的門。

他們往外走的時候，皮帶自然地垂在了地上，猶如一條蛇，無聲無息地劃過演講廳的地毯。陳一心看著那條蛇，把臉上的眼淚擦乾後，終於記起了那個人。因此，她就去參加了那個關於中央經濟政策的主題演講會。

活動的時間定在那個週五的下午五點鐘，在一個放得下五、六十人的中型教室裡，零散地坐著十幾個人。互不相熟的人坐得很開，顯得教室空空蕩蕩，有一種尷尬的蒼白。陳一心到的時候已經是五點一刻。因為遲到，她低著頭走到了教室的最後一排獨自坐下，把筆記本和筆拿出來放在桌上。

她的目光迅速地掃過教室裡所有人的後腦勺，在回憶裡一點一點地摸索著那個人的頭骨的形狀，就像把手指插在陶土裡，將這個人的腦袋捏出來一樣。搜索良久，她終於看到那個扁平的頭，以及那還沒有修剪的頭髮，正在第一排用萬分的精神聆聽著講者的話。他在恰當的時機若有所思地點頭，又在講者的話末在筆記本上寫下幾個亂草般的字。看他畢恭畢敬的神態，猶如講者只是在對他一個人講話似的。那一舉一動裡的儀式感，使他看起來像一個在模仿認真聽講的人。

夕陽透過窗戶，在講者的臉上一點一點地爬，讓陳一心感到有種時光流逝的危機感。因為陽光照到講者的眼睛裡，講者不得不邊講邊眨眼，使得一坨液體狀的白色眼屎出現在他的眼角。陳一心不想再去看講者——似乎連講者看起來也是個模仿講者的人——他戴著一副金絲框眼鏡，油亮的頭頂有幾根用髮膠梳得很服貼的頭髮，普通話裡有陳一心辨認不出的口音，這讓她更難聽懂他講什麼了。

自那天晚上後，陳一心的子宮或許因為興奮而消停下來了，可這時不知怎地又脹痛起來。她低下頭，把臉側貼在被空調吹冷了的書桌上，感覺到了一絲冰冷的清醒。為什麼學校總要把空調開成太平間一樣冷？空調的風口正對著她，讓她的一縷頭髮在空氣中瘋狂地亂飄亂扭。她像被扭斷脖子的屍體一樣，僵硬地坐在讓她屁股發疼的塑膠椅子上。是不是內褲沒有洗乾淨？對於太平間的想像，又讓她想到許許多多屍蟲一樣的蟲子從她的陰唇爆裂出來。咯噔一聲，她被自己的想像引起了極大的恐慌。偷偷將手一下子捏在陰唇上。沒有蟲子，還是癢。

她就那麼讓手在桌下揉捏著，直到聽到一陣遲疑而稀疏的掌聲，才把頭從桌子上抬起來。教室裡的人逃命似地魚貫而出著，最後只剩下兩個學會的幹事在收拾場地。她要找的那個人，正殷勤地跟講者說著什麼話。她緩慢地把放在桌上的筆記本和筆放回背包裡，又撓頭搔耳地看了許久手機，才等到那個人把講者送出門後折回來。

她背起背包，從最後一排一直往下，向門口走去。

果不其然，那個人看到了她。他把她叫住，徑直向她走來。走近了她才徒然意識到，這個人比她高出三十公分左右，因為瘦，皮膚又白，像個紙片人一樣籠罩在她的頭頂。似乎他還未從剛才的表演中緩過神來，臉上還帶有好些做了主人的驕傲氣概，居高臨下地對她說：

「欸，真來了呀！謝謝啊。」

他的口音裡有溫暖的色調，像她想像中燒柴的劈劈啪啦聲。

她說：「不用客氣。」

他說他叫唐堯德，是中國內地學生聯會的主席。陳一心仰頭看著他，覺得他的五官比自己想像中要陌生許多。之前想過要問他的許多問題，現在一下顯得有過於窺探私隱的嫌疑，於是完全不能問出口了。這樣一來，她竟不知該說什麼好。想要開口講關於中央經濟政策的話，又覺得自己講什麼都是膚淺的；要問他關於他學會的問題，卻既顯得多餘，又怕自己被邀請到下一個活動去。踟躕了許久，她最後提出加個微信，作為兩人交流的一個清晰的終點。

正加著微信，前面收拾場地的幹事突然叫了他：「主席！那邊的人說都準備好了！」

唐堯德的目光從手機螢幕上轉到那人滿懷期待的臉上，有一種不耐煩，猶如看著一隻嗡嗡吵醒他的蒼蠅。在這麼一剎，教室裡鴉默雀靜。陳一心看著他臉上凝聚著的沉默，看著他的神情不怒自威，與他薄削的身形形成鮮明的對比，好奇心又一次在她的心裡迅速蔓延。呼喚唐堯德的人看到他的神情後，像用肉眼看見了太陽般，迅速地把頭低下去。她不由得感覺到一絲幸災樂禍。

唐堯德把目光轉了回來，面向她，背著那個幹事說：「這種事等會兒再說。」他的話沉而尖銳，像釘子一樣落到了地上。

陳一心的好奇如汽油一樣，迅速地被他的話點燃——這種事是什麼事？熱騰騰的火焰催逼著她，推動她尋根究柢的欲望。當然，這也可能是一件極其無聊的事，但她感到了新鮮感以及對新鮮感的期待，彷彿他的權威產生了一種擁有同樣威力的反作用力，驅使她去找出他權威背後的原因。

加完微信，她出門去了。離開時故意沒有關嚴教室的門，到教室外面的走廊轉彎處，她立下靜靜聽著。這樣的鬼鬼祟祟，連她自己都覺得滑稽，但窺探心又確實讓她感受到一種幼稚的勝利。隔著牆壁聽到的對話，彷彿透過鼓皮傳來的聲音一樣甕聲甕氣。她本想馬上走開，但聽到的話不但沒有使她解疑，反而讓她更為疑惑了。於是，她就那麼聽下去：

唐堯德問：

「那個，今兒幾度啊？」

「二十三度。」

唐堯德想些什麼，又沉吟了一會問：

「沒吃午飯吧？」

「今天整天跟他們在一起，都沒吃。」

「都等著呢？」

「就等你了，我們趕緊吧。」

他們話裡的神祕像樂高樣一層一層地堆積起來。當他們並肩走出教室門時，陳一心不自覺地在後面遙遙緊跟著。他們搭電梯下樓，她也飛快地跑下樓梯，把樓梯口那防火門扒開一條縫隙窺覷著。她感到了爆發性運動後的渾身痠疼，書包壓在她的身上，使她的喘氣聲止不住地在樓梯間猛力地迴盪著，成為這裡唯一的聲音。

外面的天空是一層結結實實的深藍色，天空上塗著幾絲墨色透明的雲。落日的顏色在校舍所在的山頭邊上殘存著。學校裡亮起一盞盞暗黃色的路燈，抬起頭看那燈光時，燈光便劈成一個個的十字來，叫人心生畏懼。燈柱是黑色的，淹沒在夜晚裡，燈就是城市裡在天空低處漂浮著的星星。這個週五的晚上，學生們大都下山去玩了，空留下的校園，有著人的氣息卻不見人，顯得荒涼而空洞。

教學樓前，有幾個灰濛濛的身影。他們本都安靜地杵著，看到了唐堯德的到來，都紛紛向他打著招呼。他們開始跟在唐堯德的身後走，一群人像巨大一片的灰色影子移動著。

陳一心成為了影子的影子。

她看到他們在下坡的車道邊上走著，一路上沒有車也沒有別的人。車道一圈又一圈地圍繞著山。從高處往下走，更覺得與山腳下那些慵懶地亮著燈的宿舍隔開了許多距離。山腳腰上人煙遼遠，使得她覺得路上除了她自己，便是前面那片幽幽鬱鬱陰影似的人。宿舍後的海，已經變成一片沉甸甸的黑，從眼前雖能看到海水裡翻有黑湧的白，卻看不見那湧的翻起和落下。盡頭上宿舍的燈標示了世界的盡頭，而那燈後只有永無止境的黑色了。一路上有震耳欲聾的蟬叫從林地的縫隙傳過來，叫聲一波一波地拍打到她臉上，讓她想起海邊必然隱藏著的許多事情。

在黃昏前的寂靜裡，過早到來的月亮的顏色變得越發鮮明和透亮。這是一輪古銅又近乎橘色的月，看上去十分的薄，彷彿是因為在世界上存在了太久，所以消耗到薄如毫米厚的玻璃了。在這橘紅、古老而神祕的月光中，陳一心像被催眠了一般往前走，幾乎忘記了她這麼走的目的和去向，所以當前邊的人們停下時，她被那突然的停下著實嚇了一大跳。

再徑直往下走個五分鐘，就到達宿舍的區域了。但他們卻在那裡停下來，四處看了一會兒，由唐堯德帶頭，一個個跨過車路旁圍著的鐵欄。鐵欄外面的山坡陡斜，沒有可以站人的地方，於是前邊的跨過圍欄後，又迅速魚貫地一個個矮著身子往山坡下面去。很快地，山坡上腰高的草，便埋沒了他們向下行走的身影兒，只在身後留下沙沙沙的草間移動聲。陳一心就在遠處觀察著，直到他們最後一個人也跨過去，才趕忙過去蹲在圍欄邊，窺探著他們的去路和行蹤。

陳一心發現，這山坡上雖然沒有修過路，在黃昏前的光亮裡，卻若隱若現地有條被人踩出的小坡道，像一條細長的草蛇纏附在草叢間。她屏息靜氣地等待著他們的身影再遠十幾步，便也跨過圍欄，矮下身子挪動著腳，跟著他們慢慢往下走。她的心在頭頂懸著，小心翼翼，以避免因折斷草枝而發出聲響來。這樣謹慎地向下走，直到一陣海風撲面而來她才抬起頭，看到了這條路盡頭處的一片沙石灘。她曾經聽同學們說過，學校有條小路可以通往一個幽密的石灘。因為石灘那兒沒有保安，天然地成為了許多學生抽菸喝酒的隱密場所。現在她到這隱密石灘的邊上了。在這個週五的傍晚，石灘上除了唐堯德那夥人以外，毫無別的蹤影。他們就那麼齊刷刷地踏著石頭，朝著海的方向走過去，並在海和石灘的邊界停下了腳。

海水和月色混合成漿糊樣的一片光。在這合光裡，陳一心意外地發現自己竟能看清他們每一個人。於是她的腎上腺素促使她的心臟肌肉大幅度地抽縮著，頭上的血液猛烈的流動，使她的頭皮和耳朵都群起發了熱，似乎蟬的叫聲通過她擴張了的血管，擠擁著滲透到了她的全身。朝邊上閃了一下，陳一心躲到了山腳的一棵樹後，悄悄地盯著海邊的人影和動靜。

這時候，在唐堯德的一個動作指示下，所有的人都面對大海，橫著站成了一排。唐堯德把鞋和襪子脫下來，後退一步站在了他們面前的海水裡。接下來，他的話一氣呵成，有著朗誦般的抑揚頓挫，洪鐘樣響著蓋住了後面傳來的海浪聲：

「恭喜各位成為第五十三屆中國內地學生聯會幹事！今年，我們學會秉持著一貫的為學生群體奉獻的精神，將積極推動組織的改革和轉型，力爭讓你們這些學生領袖們，可以以團結為力量，為我校的內地學生創造更好的機會，解決他們在校園裡遇到的重重困難，製造一個美好、光明的未來。今天，我們的入職儀式，便是組織改革的最為關鍵的一步！」

他這從丹田喊出來的話，陳一心在樹後聽得一字不漏。她瞠目結舌，難以相信她眼前的畫面，腦子裡還轉著一個奇怪的想法——她該如何向A、B、C們複述這如此真實而虛幻的場面呢？有誰會相信？

那些站著聽唐堯德講話的同學們，遲疑一陣，突然開始鼓起掌來。一旦有人開頭，掌聲就越來越激烈，持續而紅紅火火地散播到夜空裡，又劈里啪啦地落到海面上。

唐堯德直立在那掌聲裡，等那些掌聲稍落後，又用一種充滿儀式感的聲音接著道：

「感謝大家熱烈的掌聲！今天在這裡的人，我們每個人的肩上都承擔著巨大的責任，因為我們代表著的，是校園裡幾千個漂洋過海來香港讀書的內地生！從今往後，你們在外的一舉一動，都影響著我們祖國在外的聲譽和形象。因此大家必須時時刻刻地謹記自己的任務和形象，管好自己，不辜負祖國和全港內地學生對我們的厚望。」

說到這兒，唐堯德話鋒一轉，聲音裡出現了危險的變化——

「乙，你站出來！」

列隊裡，有一個人充滿遲疑地站了出來。他的肩膀很寬，腰間有一圈的贅肉，使他的背影看起來龐大而無力。唐堯德走到他面前，站在那裡看著他。在唐堯德的注視下，他肥碩的肩膀逐漸激烈地上下抖動著，下垂著的肚子也隨之顫抖起來，雙手捂著臉，似乎要抑制自己發出的聲音般。這聲音可憐而悲戚，總使陳一心有一種熟悉感，彷彿在哪兒聽見過。

「乙——今天你在考場的失控行為，已經在校園裡引起了極大的輿論。據我所知，在國外留學生和港生中，已經引起了大家對我們的一些非議和討論。從這件事件看，你不但沒有保護到自己，還把災難招惹到了大家的頭上。這對我們是絕對不可接受、完全不能容忍的。所以，作為懲罰，請你現在立即把身上的衣服脫下來。」

陳一心渾身僵住了，麻痹的感覺像蛇樣從她的指尖一直往上攀，一直攀到她的咽喉處，使她打了個激靈。她著魔似地盯著海邊的那一片人，只見乙也如她那般僵在那裡，任由月光像舞台燈一樣漫灑在他頭頂上。這時，唐堯德突然又更大聲地吼：

「聽見沒？統統全部脫下來！」

列隊中的人，先是片刻的靜，彷彿根本沒聽清唐堯德說了什麼。接著聽到他第二次的吼，頓時有了一陣輕微的騷攘和扭動。有人從列隊裡伸長脖子探出頭來看，有人嘟囔著說了什麼話。不可思議的事情發生了，只見乙更深地勾著頭，彷彿雙手真的在襯衫那兒摸索著。片刻後，他果真把他衣服剝開來，宛若剝了皮的香蕉樣，露出衣服裡那白嫩軟弱的肉。在黃昏模糊的光亮裡，那肉白得似落在人的眼前的月色。接著他又如聽話的孩子般，把褲子、內褲、襪子，全都一件件的脫下來，渾身上下成為白色的柱子豎在海邊上。陳一心雖然站得遠，還是能看見他身上完全失去了力氣，彷彿只要一碰，連他的身體也要隨著他的衣服滑落下來。

噗嗤一聲，盈滿著不可思議的靜默裡突然破開了一道縫——有人看著這滑稽，終於禁不住地笑出了聲。接下來，笑聲如接二連三的機關槍，此起彼伏地發射到夜空裡。有人笑得捂著肚子蹲下來，有人從隊伍裡笑著退到隊伍外，使藏身樹後的陳一心，嘴角也不自覺地朝上揚起來。

唐堯德的臉上沒有任何笑，他看著面前的笑像看著一場演出般。時間就這樣在笑裡很快滑過去，待一陣笑之後，不知為何那笑由大到小後來戛然而止了。

出現了一片可怕的靜。

「笑夠了？」唐堯德壓著嗓子問大家，「如果笑夠了，請大家就都把衣服脫下吧。」

沒有人說話，沒有人移動。大家站在那裡，海風嘩嘩地扇著他們臉。

看不清這時唐堯德的臉上什麼樣，只見他們都僵僵的站在海邊上，寂靜像年初的海霧一樣籠罩在那。沒有人動彈，沒有人說話，世界和死了一樣。就在這死了的世界裡，唐堯德是活著的，他突然又猛地撕開嗓子吼：

「阿甲——你先來！」

叫阿甲的果然從列隊首先站出來。果然首先在眾目睽睽下，迅速地把自己全身的衣服一件一件剝下來，扔在海邊灘地上。當甲把他的內褲也脫下扔去時，有人發出了輕微的驚呼聲，可迅速那聲音又消失殆盡了，像一聲雷後留在大地上的死寂般。黃昏最終徹底到來了，海水呈著深藍和碧墨色，陳一心站在二十米外山腳樹下的草叢裡，驚異地望著前邊的海和人，滑滾到石灘上捲有白色的泡沫和浪花，一進一退地響著沉寂著，節奏像大海的呼吸樣。然而那節奏中的人，站在前邊的阿甲宛若青白色一成不變的大理石，而他身邊脫下的衣服和石灘、黃昏融在一塊兒，模糊成一柱雕像粗糙的底座和地面。他脫衣服那一刻，姿態充滿著年輕和力量。就是脫上衣時頭被困在急切撕扯的衣領裡，人像一隻奮力掙脫束縛的野獸般，那種力量也還鎮著人群，使大家在寂靜中再沒有誰發出一絲半動的響聲來。

就這樣，甲赤裸地站在海水和眾人間，瘦削的身軀筆直地戳在那，身上的青白和溫柔覆來的毛茸茸的月光和諧在那石灘上。很快地，一排人便全都動手默不作聲地解扣脫衣了。不遠不近地看著他們高矮、肥瘦不一的背影和他們年輕而形色各異的後背和屁股，陳一心因為面前一片的赤裸而產生的緊張和不安，導致她的小腿有一根筋開始沒完沒了地抽縮而生疼。

「——跪下！」唐堯德又一次大聲命令地喚。

眼皮像拍子機般跳動，陳一心身上一下哆嗦，看見前邊的一排人，竟都在這喚中跪在了海灘的石子上。海灘的石子發出一片沙沙沙的摩擦聲。遠處的海面拱湧起來了，月亮在那海湧上用力一推，浪就快速滑滾著撲到了他們的身上。所有的人都裸體著，只有唐堯德還穿著他未脫下的T恤和褲子，能看見別人都是光光滑滑的青白色，而唐堯德是一柱多皺的樹棵黑灰著。也許海浪從他身後過來拍打著他，使他明白了這個季節在黃昏和海水、海風中的冷。於是他朝人群的一邊走過去，到邊旁的一個背包裡，適時神奇地拿出了一個碗口粗的保溫壺和一雙筷。他把保溫壺的蓋子扭開來，嚴厲而親切地對大家說：

「今天，各位幹事沒有吃午飯，也還沒有吃晚飯，應該都非常餓了吧——為了表示這個儀式對我們學會的重要性，我為大家準備了一碗我家鄉的番茄雞蛋麵，作為大家對學會效忠的犒勞——但首先，我必須評點出你們各人辦事兒的不足之處，為的是大家在加入學會後，今後可以謙虛謹慎、不驕不躁、更有效率地為學會而工作。」

陳一心看不見保溫壺裡面的番茄雞蛋麵，但隱約能聞到番茄夾帶著雞蛋和香菜那尖利刺鼻的香味，又紅又黃地從唐堯德的雙指之間飄過來。她的目光緊跟著那一線的香氣，似乎自己的腸裡也跟著翻滾出一股飢餓來，如此她把手輕輕壓在自己的肚子上，以緩解遏制從肚裡發出的聲音，不要響到前邊的人群裡邊。

月光彷彿比剛才更為明亮了，海水的反光也似乎跟著更為明亮了。

這時唐堯德慢慢走到列隊靠左的第一個人身前去，聲音變得低沉而堅定——

「甲！」

甲仰起頭：

「在！」

「昨天晚上我們開會的時候，你是不是帶了一包薯片兒？」

「是——主席！」

「開會的過程中，你一個人把薯片兒都悄悄吃光了——我說得對不對？」

「對的，主席！」

唐堯德冷哼一聲後，接著更加堅定冷硬道：

「甲！你身為本學會的副主席，吃薯片兒的時候，有沒有想到，身邊的幹事們也在辛苦工作著，也想在開會的時候吃點兒零食呢?!」

甲低頭沉默不語著。

「你！」唐堯德右手拿著筷子，猛一下敲擊到保溫壺上，使寧靜的海灘上猛地發出炮一般的響聲。甲被這聲響嚇得幾乎跳起來，但馬上他又僵直了身板，把頭耷拉下去了。

「你——連一塊薯片兒都不肯與人分享，還想學別人去當領導！如此的自私自利！簡直是讓我失望！我相信今天在這兒的各位幹事們，遇到這種情況，沒有一個不會不自動自覺地跟大家分享自己的零食——而你——甲！你對得起大家對你的厚愛和信任嗎？今天是薯片兒，明天呢？明天你會不會獨攬跟重要嘉賓的交流機會？會不會私吞了贊助商給我們學會成員提供的工作空缺？」

陳一心看著唐堯德因發怒而隱約筆直的肩頭，她的手毫無理由地從肚子上滑下去，伸進了自己的褲頭裡。

「你好好給我反省反省吧！」

唐堯德面對著甲，在模糊的光亮裡，兩人的身體隨著他的訓話靠得越來越近，似乎這時他會抬起手朝甲的臉上給他一扇耳光。而甲在這模糊的似乎裡，恰到好處地嘟囔出了一句話：

「主席，我是個自私自利的人……」

跟著這句話，甲的臉幾乎貼到了唐堯德的大腿上，他的聲音因喉嚨裡卡住了淚水而變得扁平和酸楚。海浪再一次撲到甲的腰間，陳一心的震驚和欲望沿著模糊的光色，水流一樣順著甲的陰莖滑落，滴到沙石裡。

「那你應該怎麼做？你把頭抬起來！」

抬起了頭，甲的下巴似乎貼在了唐堯德的膝蓋上。

「我應該跟幹事們分享薯片。應該大公無私，不應該自私自利，自己一個人把薯片獨自吃完。」

唐堯德聽到這兒，把一隻大手溫柔地覆蓋在甲的額頭上：

「我相信你可以改邪歸正，做得更好——來，吃口麵。」

他用筷子從保溫壺裡面夾出一撮麵條來。陳一心看不清麵條在海風中搖動，手指卻被自己的思緒牽引進內褲裡，摸到了自己已經突起的陰核兒。

唐堯德把那一撮麵條放在自己的手掌心，和緩地伸到甲的嘴邊上，聲音又低又軟，如用棉花撫在甲的傷口上：

「來——吃一口，我的好兄弟。」

甲仰頭吮吸著唐堯德手掌的麵條。陳一心開始想像番茄與海水的鹹味混在一起的腥鮮，腿間與舌根便同時湧出了許多的液水。她本能地撥開陰唇瓣，裡面熱熱黏黏，和麵汁毫無二致。

唐堯德又走到列隊裡第二個人的身前。

「你！」

唐堯德把筷子重重擊在保溫壺上。石灘上的石子，似乎都隨著金屬的聲音震動起來。跟著這個震動和聲音，隊伍裡的乙出列跪在唐堯德的面前了。

「你啊——乙。」

乙張開雙臂，一下子抱住了唐堯德的右腿。他的臉頰貼在唐堯德的膝蓋處，眼睛緊閉著，極速而又低聲道：

「對不起，對不起，對不起……」

把手輕輕地放在乙的頭上，唐堯德讓自己的手指穿插到乙的頭髮裡，溫柔地把他的頭按在自己的腿上。陳一心不知不覺地也把手指穿插到了陰蒂的毛髮間，讓自己的手指用力按在自己的陰蒂上。毛髮下的陰核腫脹著，摸起來敏感得幾乎有疼感。

「乙啊——你讓我恨鐵不成鋼。雖然在大家面前打你是我不對，可這都是為了你的好。看著你那窩囊樣，你知道我有多麼心疼嗎？」

「對不起，對不起，真的對不起……」

乙似乎哭起來，聲音黏稠與他的背影連成一條線，這讓陳一心徒然又想起他在課堂上那副掙扎的樣。

「你別說了。」唐堯德的聲音既不憤怒，也不煩厭，變得平靜、威嚴而親切。

乙閉嘴不說了。

「乙，我把你招到我們的學會裡來，是因為你是一個非常能幹、而且又有熱心的人。你最令我失望的——知道是什麼嗎？——那就是你對你自己失去了把控，對你自己沒有一個正確的認知，對自己的價值缺乏了應有的信心和希望。我看著一個我親手挑選的人，在考試的時候那樣的彷徨，我的心都被你給揉碎了，覺得你白白浪費、辜負了你自己的青春和能力。所以說你讓我很心疼你能理解嗎？」

「我理解……真的理解和感激……」

說著乙彎下了腰，把頭貼在石子上，輕輕叩了一個頭，才把腰身直起來。這一直，他一身的肥肉像是突然結實了許多般，有序地隨著他身體的動作起落晃動著。

「好了——不說了，我相信你。」

唐堯德又把一撮麵條放在自己的手心上，吹吹麵條上的熱氣送到乙面前。

就這樣，跪在地上的幹事們，都逐一反省過自己的錯誤，又得到了唐堯德的麵條和原諒。當他們從唐堯德的手心叼起那幾根屬於自己的麵條時，清晰的聲音和模糊的臉上，無一不存在著感恩戴德的激動。唐堯德理所當然，不卑不亢地接著部下們的謙卑和的愛戴，雙足插在海水裡，讓自己在這些人面前，擁有著大海天地的力量和敬重。

陳一心一邊撥弄著自己的陰核，一邊想像著自己也跪在那裡，從唐堯德手掌吸取麵條的感覺，直到有眼淚滑過她的臉頰，在她下巴上顫抖時，她才意識到自己的眼眶裡，早已充滿了淚。為了讓自己把前面的景況看得更清楚，她把臉像貼在一個人的身上般貼在了粗糙的樹幹上，輕輕緩緩地與樹皮摩擦著，直到臉被樹皮擦得熱熱辣辣，使得她的陰蒂也再次隨之熱辣辣地脹起來，心裡湧起一種莫名的興奮，隨著浪水拍打到石灘而灌滿全身，又隨著浪水倒退而一下子被抽空。

就這樣，在光亮和模糊裡，直到眼前的儀式完成，她的頭腦都一直混沌麻醉著。她待在樹後，眼前是一片迷濛的暗灰色，心裡和身上是飽滿的黏稠而熱燙，待那暗灰和熱燙裡慢慢有了那一夥人窸窸窣窣的腳步聲，她才驚然意識到要把自己藏起來。

太遲了！

唐堯德帶著大家已經走到她的面前。他在黃昏的最後一抹光色裡，尋找著通往山上校園的路，那雙鷹一般的眼睛，老遠就落到了陳一心的臉上。扁瞇明亮的眼眸浸泡在某種權力之中，在黑夜中透亮而冷峻。當他把目光定在陳一心的臉上時，陳一心知道他看到了一切——看到了她臉上的緋紅，看到她還在顫抖的手臂，甚至看到了她濕潤的陰唇。是了，看見她後他臉上沒有一絲的驚訝。他就那麼冷冷看著她，直到他從她身邊走過去，她才發現自己不知何時也同他人一樣早就雙膝跪在地上了，膝蓋重重地壓著沙土上的草，渾身都有著輕微的刺痛。

他看過她，就不言不語地從她身邊路上走過去。而他後面的人，也都學著他的樣，看看她後就不言不語地跟著他的腳步往上走，彷彿她本就如塵粒草芥一樣存在或者不存在。

第三章

陳一心再一次見到周曉榕，是有一天回宿舍的時候，恰好跟她搭上了同一個電梯。再次看到她的臉，陳一心覺得自己的心臟好像被人拋了出去，有在空氣中滑翔的離心力。周曉榕一臉疲憊，她告訴陳一心自己近來在幫國際學生學會，籌備一系列關於女權運動的校園活動，忙得不可開交。陳一心說，怎麼不知道你是國際學生學會的呢。周曉榕說，你多了解我一下，不就知道了。見陳一心後邊只是望著她不說話，周曉榕便又問她到，今天晚上一起喝個酒？

陳一心答應下來了。

晚上，陳一心買了兩瓶紅酒，一包薯片，把周曉榕請到了自己房間裡。周曉榕盤腿坐在她的床上，露出了兩截白得像瓷瓶的小腿。她棕色的頭髮、眉毛和眼睫毛，在白花花的天花板下，閃出了淺淺一層淡金色。陳一心跪在地上，努力地撬著酒瓶蓋，當她抬頭用力時，看到了周曉榕潔白無瑕的脖子，只覺得周曉榕美得如此輕易和自然，使她不由得妒忌起來，又同時想站起身來，把那脖子含在嘴裡。

「從前沒怎麼聽你講過女權運動的事呢。」打開酒瓶後，她起身坐到床上，挨著周曉榕的肩膀。

「來香城大學後，我發現這裡的學生對人權認識非常淺。」周曉榕很平靜地說：「我覺得若能以我的微薄之力，讓香港的校園和社會，變得更加平等和自由，那我會感到有種價值感和滿足感。」

沒想到她會說出這麼義正言辭的話——為別人服務而快樂，聽起來像電視裡的台詞般，當一個人活生生地說出這些話時，陳一心頓然不知該如何反應了。看著周曉榕臉上並無虛假的正義，陳一心也隨著她去想像自由與平等所能給人帶來的快樂——這種實在又虛飄的想像，宛如看西斯廷教堂穹頂上的畫一樣，因為距離而變得神聖莊嚴了。

「真好啊，聽起來很有意義呢。」

說了這句話，陳一心斜著身子，看燈光從周曉榕光滑緊致的鼻梁滑到她的鼻尖上，就想去把那燈光吻掉。

周曉榕想起什麼了，突然笑一下：

「其實你跟我睡過，也算是個女權主義者。」

聽到她說「睡過」兩個字，陳一心的心臟邊上滾過一絲顫抖，低下頭來呷了一口紙杯裡的紅酒，微笑禁不住從杯沿溢出來：

「怎、怎麼說？」

「Simone de Beauvoir（西蒙・波娃）說過，女人不是天生就是女人的，而是被社會變成女人的。所以說，人天生應該也沒有性別之分。因為你完全地接受了我，才能在我的手指下獲得高潮，那就說明你也與我一樣，沒有受到性別與社會的束縛，是個真正相信平等自由的人。」

周曉榕眨著眼睛，目光裡充滿溫暖和笑意。因此陳一心覺得她的話裡也充滿了跟她目光一樣閃亮的真理。她看著周曉榕的唇，那唇上有一層乾了的紅酒漬，於是很想伏在那唇上把紅酒漬舔下來。

「說到平等這問題，我最近倒是遇見了一件奇怪的事。」

周曉榕的話和臉，輕易為陳一心帶來了撼動。為了把這些撼動隱藏起來，她故意用那種討論外國政治時會用的嚴肅語氣，向周曉榕描述了那天晚上在海邊看到的過程和儀式。

聽到她說他們一起脫下衣服時，周曉榕臉上的驚訝像僵硬上去了一層蠟，而講到番茄雞蛋麵的情節時，周曉榕眉頭緊鎖，提出了一些對細節的懷疑和疑問。在陳一心終於仔仔細細地把事情說了後，周曉榕發出了一聲驚歎道：

「這些人怎麼那麼容易任人擺布啊！」她們沉默了一會兒，陳一心又接著分析說，「可能是因為學會的儀式，他們才有一種……羊群心態吧——你明白我的意思嗎？」

不會用英語講「羊群心態」，陳一心只能從中文直接譯過來。

「羊群心態！我看這更像是洗腦吧？Propaganda（政治宣傳）什麼的。這樣玩弄權力，實在是很可怕啊。」

陳一心在辯解與沉默的邊界焦慮地徘徊一會兒，把臉埋在了周曉榕的肩膀上，不讓對方看到自己的神情。待時間在沉默中過去一段兒，她又撿起地上的那包薯片打開來，往周曉榕嘴裡塞了一片兒。周曉榕吃著薯片，掏出她的滴露消毒搓手液，把每一根手指頭細細地搓著揉捏著。

陳一心看著她修剪過的指甲，都剛好剪到了指尖處，沒有一點白色的邊緣。她問她：

「需要那麼乾淨嗎？」

周曉榕笑嘻嘻地答：

「這是插到你身體裡的啊！你不想乾淨嗎？」

陳一心感到血嘩地一聲沖到了臉上去，接著小聲地問：

「現在你是吃我，還是吃薯片啊？」

周曉榕的指尖在裝著酒的紙杯沿上緩緩地打著轉，她的頭靠在牆上，說話的聲音像一根從天上飄下來的羽毛樣，在房間裡夢般飄蕩著：

「初中學過生物學以後，知道了細菌的形狀和動態，就總在腦子裡有揮之不去的細菌的形象。這之後，我總想像有毛茸茸的細菌在我身上像蟲子一樣蠕動。比如站在巴士上的時候，不得不扶著巴士的把手。但當我的手按到把手那一刻，我總是覺得我好像把手壓在了千萬隻的螞蟻上。你能想像那種痛苦的畫面嗎？我每天都過得小心翼翼，神經隨時緊繃著，提防著無處不在的敵人。有一段時間，我每天要洗兩次澡，還要在泳池剛開門的時間裡，在沒有人游過之前去游泳。只有在游泳池的那種漂白劑味裡，我才感到徹底的清淨，與世界上所有的細菌都絕緣了。但我上水以後，只要腳一沾到地上，就又彷彿看到細菌從我的腳跟爬到我的身上，像屍蟲一樣把我包圍起來。於是我在大學就選擇了生物學。我因為永遠無法打贏與細菌的這場戰爭，就只好選擇去了解我的敵人。我明白了什麼樣的細菌可以在什麼樣的環境存活，什麼樣的細菌能帶來什麼樣的疾病。通過科學，我現在與細菌達成了協定，可以勉強忍耐與它們在世界上共存。我知道人的手上有一種表皮葡萄球菌，雖然無害，但它會寄生在陰道裡。用消毒液消毒，效果未必是最好，但聞到這酒精味也總是讓人安心些。」

隨著周曉榕對細菌的描述，陳一心也想起了她時而癢得厲害的陰道。她想像裡面的細菌，像帶刺的毛毛蟲一樣爬來爬去，勾在她的陰壁上——她想起夢裡那條金綠色的魚，在水裡翻騰著，水劃過魚的鱗片，又從魚的嘴裡進去，從魚的尾巴出來。魚從裡到外都乾乾淨淨，從裡到外都是清涼的水！那魚的思想，也一定是清涼而透明的了……

把頭稍稍低下去，陳一心用眼梢打量著周曉榕那雙徹底乾淨的手。她的手指白淨修長，寬細有度，自然地落在大腿上，手指的關節輕輕地彎曲著，形成一個弧度，使人想把弧度下面的空間去填滿。輕輕地，緩緩地，陳一心把自己的食指插在周曉榕的食指與中指之間。周曉榕的小指往上一翹，把陳一心的小指鉤住了。

鬆開周曉榕的手，陳一心翻身滑下床去，跪在了周曉榕的面前。她的心撲撲跳著，又把周曉榕的手指仔仔細細地看了一遍，然後彎下脖子，把她的食指叼在雙齒之間。這時她抬起頭來，看見周曉榕的目光像月光一樣灑在她的臉上。似乎是在給她一種允許般，周曉榕把手指滑進了她的嘴裡。手指甲輕輕靠在她的上顎，使她的口腔像窗戶般被一下子推開了。接下來，周曉榕的手指像風般灌滿了她的喉嚨。她的身體裡頃刻間充滿了周曉榕的手指。陳一心用舌頭兜住了周曉榕的指肚兒，嘴唇縮緊在周曉榕的指根上，然後她開始像條狗一樣，舔著吮吸著，輕咬著主人的手尖，直到很久後，周曉榕把手指從她的嘴裡抽出來，把她拉到床上去，賜予她她所欲求的，把她帶到比大帽山還要高的一個高點後——她才在身體的激烈顫動中，重新找回作為一個人的感覺。

陳一心的喘息還未完全停下來，望著周曉榕美麗又完全美的臉，止不住自己臉上的笑容。她對周曉榕說：

「我陪你去泳池。」

周曉榕：

「好，那我去拿泳衣。」

兩人到了泳池的更衣室入口時，發現泳池的門即將關上，可通往更衣室的門還是開著的。守門人已經走了。周曉榕拉著陳一心跑到更衣室裡，迅速把手裡的東西塞到儲物櫃，然後窩身在儲物櫃後面藏起來，直到她們聽到清潔的阿嬸進來關了更衣室的燈，又出去鎖上了門，才從儲物櫃後面走出來。

更衣室的燈滅了，卻有不知是月光還是路燈的光，微弱地從室外游泳池的入口淌進來。池內寧靜，水藍壁綠，似乎空氣也是藍綠色。在這藍綠相融的空氣中，周曉榕拉著她的手，臉上有難掩的自足和興奮。她看著周曉榕臉上淡淡的光，像珍珠面上那層絨光樣，有一股喜悅從五臟六腑竄到了她的喉嚨裡。她們拉著手，小跑著穿過泳池的入口，秋天的晚風夾帶著游池裡的漂白粉味迎面撲過來。到了池邊站定後，她們低下頭，看到了自己在水裡靜止不動的虛影，又看到了蓋在她們赤裸的腳背上的一層銀白色。半個皎潔的月亮飄在透明的夜空，水銀似的月光精神奕奕，充滿了旺盛的力量，就好像之前從來沒有過月亮，而月亮是今天才剛剛誕生般。

游泳池旁的燈也一樣闔熄著，只剩下黑碧漆漆的一塊長方形的水嵌在地面上。月光從水面上掠過來，撫摸在周曉榕的身上。她站在池邊，面向月亮，不快不慢地把T恤和短褲脫下來，單穿著一件式的泳衣站在池邊上，月光順著她身體的曲線滑到她的小腹和腿上。而腿上那細軟的一層毛，在月光的推動下，輕輕微微地搖擺著。

陳一心也把衣服脫下來，搶先跳到了池子裡。一種涼意瞬間從她的每一個毛孔滲進了她的身體。哆嗦一下子，她轉身浮水，緊拉著池邊，在周曉榕泛白的腳背上吻了一下，然後又憋住了一道氣，整個人沉到了水裡去。她把手伸到陰部附近，將緊身的泳衣稍微撥開，水就從她的陰毛間滾了過去。就這樣，她想像著身體內外的所有細菌與泳池裡消毒劑產生著化學作用，彷彿身上的枷鎖，都在一瞬間被融化掉了般。

隨之周曉榕也跳進水裡了，她把陳一心從池底托起，輕撫著她從水裡浮出來的臉，舔舐她在水中浸泡過的唇。陳一心把嘴張開，等待氧氣充滿她的肺。年輕的她面對著年輕的月亮，第一次真切地體會到人生的流暢和光滑，體會到原來自由的味道，就是氯的氣味。一個翻身，陳一心擁住了周曉榕，右手摸過她滑溜溜的背和腰，把頭放到她的肩膀上，又帶著自己年輕的期望和喜悅，把她的脖子吻了個遍。就在這一刻，這個美而冒險的晚上，陳一心所有的刺激和感慨，都達到了一個頂峰，於是開口問著周曉榕：

「你會永遠對我好嗎？」

周曉榕從陳一心的手臂之間輕輕掙開來，站起身，望著她不說一句話。

陳一心抬起了頭，看著比自己高出一頭的周曉榕，臉上再次出現了如維多利亞女王銅像一樣的倨傲神情。

就這樣靜了一會兒，周曉榕輕輕地拍了拍陳一心的臉頰，說：「朋友之間，說什麼永遠不永遠。」

然後，她轉身向泳池的另一邊游去了，把陳一心一個人留在了白晃晃的池岸邊。

第二天中午，陳一心在圖書館裡做完作業，正要往外走的時候，看到唐堯德正倚在圖書館前的欄杆上，專注地盯著圖書館的大門看。在她還猶豫著要不要跟他打招呼時，他已經邁著大步到了她面前，直直地看著她說：

「你終於出來了。」

這沒緣由的話，像一塊石頭一樣砸過來，隨之濺起了千萬個疑問，使她一時不知該說什麼好。事情發生得似乎有些倉促，有些措手不及，於是她也只能在倉促之間，把普通話的詞語組織起來說：

「對不起，我有……約你嗎？可能我忘了。」

唐堯德還是目不轉睛地看著她，臉上流露出石刻英雄像常有的堅定神情來，聲音沉穩得幾乎能聽出男中音的低沉顫音：

「沒有約，我來這邊等你跟我去吃飯。」

慌張在她心裡炸開了：「但、但我現在有課啊。」

唐堯德向她邁了一步，目光直直的射進她的眼睛裡，眼底翻滾著瘋狂的暗金色的浪。他伸出他那隻厚實的大手來，不鬆不緊地把陳一心的手臂握在了手中。於是，他手上的暖意和力量，便不溫不火地覆蓋到了陳一心袒露的手臂肌膚上：

「那就不要上了吧。我請你下山吃海鮮——好不好？」

「好不好」這幾個字像教堂的鐘聲一樣，籠罩在她的頭頂，使她的耳膜彷彿有嗡嗡的震動。這種震動從她的耳朵傳到了她的背上，從她的脊椎骨滑落，又在她的尾骨處蒸發不見了。她禁不住緊了緊屁股，像柱子那樣杵在那兒。

「可是……」

「好還是不好？」

她想起了那一片裸體和那杯番茄雞蛋麵，舌根處就不斷有口水湧向舌尖這一端。他對她迫切的需要，徐徐從他的掌心傳到她的身體裡——**他想要擁有我**——就好像警鐘在她的天靈蓋下瘋狂地敲響樣，震得她眼前出現了一片鮮豔的紅色和無數金色的星星在跳動混淆著——**他是有力量的人；他是世界上最有力量的人**——她勉強嚥下了嘴裡的口水後，頭腦裡又湧出了那句判斷來——**他是想要我！**——就彷彿他的五指勒緊了自己的喉嚨般，使她**快樂痛苦**得要哭出來：

「好……！」

她在他的指隙呼出霧一樣的回答。

坐車下山的路上，陳一心看著窗外掠過樹影的綠，人影的黑，還有樹與樹之間幾片海影的藍——這些顏色隨著她內心的渴望和不安，像海水、月光、裸體和番茄雞蛋麵一樣混合在一起，成為一片棕色的模糊。她想像自己被困在了一個夢境裡，只有身邊這個人在夢裡領著她——雖然對他充滿了猜測和恐懼，卻也同時很想靠在他的肩膀上。她開始朦朧地意識到，自己有了一種對領導者的嚮往，雖然這不是一件她想承認的事，但事情像漩渦一樣，她不得不對自己保留著一絲軟弱的誠實。就這樣，她隨他去了。下車以後，她恍惚地跟他走到了一家海邊的酒樓，找到了一個臨海的露天位置。他沒有問她想吃什麼，也沒有讓她用廣東話與侍應生交流，就那樣逕自點了不少菜，等侍應生把茶水端過來，為他們各自倒了一杯水，他們便都不約而同地舉起杯——

「乾杯！」

「乾杯。」

他的身後是淺藍色的海，因為背對著太陽，他的臉上有黑色的影。待他身子稍一移動時，陽光穿梭過他的髮梢，照在了陳一心的眼睛上。看到她因強光而閉起來的雙眼，他爽朗地笑著說：

「你能陪我來，太好了！」

她也朝他笑了笑。

於是他把前臂交叉起來，放在桌子上，與陳一心又近了幾分。他細細看著陳一心的臉：

「欸，你是在香港長大的吧？」

「是啊。」

「讀的是哪家中學？」

「在港島，一家英文學校。」

「就是那種英據時期的女校吧？」

「嗯。」

「我看你就像。」

桌上有炸好的花生米，他抓起幾顆放到嘴裡去。她聽著他牙齒碾碎花生的聲音，一邊覺得自己對他一無所知，又一邊莫名地覺得對他的某一部分熟悉得難以置信，就像孩子一出生，便與家人失散，而多年後又再次重逢般。

他問她：「你父親是做什麼的？」

「金融行業，在中環上班。」

「哦……母親呢？」

「在銀行工作。」

「他們特忙吧？」

「是啊，經常不在家。」

一問一答，好像都淡而無味。雖然背著光，陳一心還是能看見他一直在注視自己的臉——他到底想要知道什麼呢？我該說些什麼呢？從唐堯德身後射過來的太陽，使她有點頭暈目眩，也使所有的問答，都蒙上了一層霧般的白色的光。茶杯裡的水在輕微地波動。他的腿在桌子下不斷地抖動著。抖動的頻率對她思考的軌跡造成干擾，像戰鼓般催促她把腦子裡的想法不加思考地扔出來。於是她沒頭沒腦地對他說了一通話，講的都是小時候的事，磕磕碰碰地把普通話的文字加附在模糊但湧動的記憶上，使過去的餘韻，在她舌根上打著轉。普通話令她的舌頭像抽筋般地笨拙，最後在停下時，連她自己都不知道自己說了什麼話，似乎只是為了說著等他突然做出一種舉動來，猛地朝她撲過來，讓她像他的那些部下般順從他、聽著他、由著他，宛若一隻羔羊由著一隻猛虎樣，讓她在他懷裡暈過去、醒過來、又再暈過去——這使她想到了周曉榕，又想到了周曉榕那句「朋友之間，說什麼永遠不永遠」的冷淡和疏遠，也因此，她對他又一次點燃了她依賴的渴望。

在她的暈眩中，他把一隻手伸過來，搭在了她的手背上。她感覺到他手心的濕潤和溫暖，有源源不絕的力量透過她的手背和指間，流淌著朝她全身奔騰著。她在等著他。等著他像在海邊對他的部下一樣粗魯、野蠻地吞沒和占有。可這時，他把他的手抽著朝後退了退，嘴裡說出了清風白水一樣的話：

「還有一件事兒，請你幫個忙。」

她嚥下喉嚨裡的口水，覺得自己眼睛在海風中發乾。

「九月二十號，請你帶十個人來參加我們的中秋晚會好不好？」

她把目光落在他的額頭上，彷彿從他的額頭能看到他的內心樣。然而她什麼也沒看到，只看到他背對太陽，額頭上有層淡淡的影。這影的灰黑把她心裡一湧而出的濃烈扼住了。他眉毛緊緊相鎖，一根根黑色的眉毛，在他臉上看似凌亂卻又井井有條地生長著。

「哦。」她這樣回應他說。

躺在床上，透過窗戶看出去，陳一心可以看到海後面的山尖被一層厚重的霧完全覆蓋住。太陽升到了窗戶上方一個她所看不見的地方。陽光與霧混在一起，形成沉重的光亮，壓迫著她那一小塊玻璃窗。該是中午了，她翻身下床，盯著外面那一片奶黃暗啞的光色，似乎要把她燜熟一般。把東西收拾了一下，陳一心決定去游泳。

正是午飯的時間，游泳池裡只有零星兩三個人。她脫衣下水，選了泳池的一角躺在水邊上，即使閉上眼睛，陽光多少也滲透了她的眼蓋，化成一道道形狀各異的光影，在她黑色的眼蓋裡浮游。就在她幾乎要在水上睡著的時候，有一道影子落到了她的臉上，使她一下子睜開了眼。

周曉榕站在岸邊低頭看著她，要不是她穿著那件海軍藍和紅色相間的泳衣，她皮膚的白潤似乎會把她融到她身後的天空裡。

陳一心掙扎著從水裡站了起來。

「Hello!」說話的時候，周曉榕尾音上翹，銀色的聲音從天上簌落下來。打完招呼，她魚樣滑到了水裡去。多日未見，她曾幾次想像和周曉榕再次見面的場景。可現在看到了她，卻不知道該說什麼好。她看著周曉榕朝遠處游過去，又從遠處游回來。

「不和我玩的這幾天，你都跟誰在一起？」

游到她身邊，周曉榕整理著稍微移位了的泳衣問，語氣好像在說最無所謂的話。

陳一心沒有馬上回答周曉榕。她深深呼吸一口氣，把自己沉到水底，待氣泡沿著她的脊椎骨滑上去，在她頭頂爆炸後，她把腳往泳池底用力一踹，頭就猛然從水面冒了出來。擦掉臉上的水，緊盯著周曉榕的臉和凝在她眼睫毛上的幾滴陽光，她用著同樣無所謂的語氣說：

「這幾天，有男孩子追我！」

周曉榕用力眨了眨眼，陽光從她的眼睫毛上抖落下來。

「他的學會九月二十號要舉行一個中秋晚會，讓我帶幾個朋友去。我正想邀請你呢——你有空的話，跟我去吧？」

自認識她以來，陳一心第一次明確地看出周曉榕的不知所措。她淺粉色的嘴唇下意識地緊緊抿著，似乎在阻止心裡蜂擁而至的想法轉化成語言從唇間跳出來。也因為這樣，陳一心第一次覺得自己在她們的關係中，掌握了一種對對方的影響力，彷彿自己的一句話可以在她面前掀起滔天巨浪，又可以瞬間把這翻天覆地的變化熄滅掉。

「我跟你提過他，就是那個讓別人裸體吃麵條的傢伙。」

為了掩蓋自己臉上流露出的某種得意並有所求的神色，陳一心低下頭，漫不經心地潑打著泳池的水。她到底想要周曉榕說些什麼呢？在周曉榕的躊躇間，陳一心想若她能開口央求自己不要去——就是她命令自己不要去，自己也會馬上答應她。

周曉榕卻是平靜地說：「可惜了，那天晚上我沒空。」

陳一心知道她故意把話懸在這裡，然後完整無瑕地退回她自己的那片疆土上，把對自己打開過的門再嚴嚴關上去。有一種被遺棄的失落感，讓陳一心感受到了心臟被掏空的感覺。突如其來的空洞，無中生有地點燃了她心裡的憤怒。

「你那天晚上有什麼事？難道不能陪陪我——一小會兒也可以。」

「抱歉，那天晚上我們學會也舉行派對，走不開——不過我倒是歡迎你過到我們那邊玩，我有幾個朋友可以介紹給你。」

周曉榕的客氣使陳一心徹底怒火中燒了。她把額頭上的泳鏡扯到眼睛上，通過泳鏡那一層海軍藍的塑膠鏡片，世界即刻變得憂鬱而慘淡。她看到周曉榕的臉，像鬼魂一樣漂浮在泳池上，與泳池的水一起隨風輕微蕩漾著。於是她用全身的力氣往泳池邊上一踢，讓自己的身體如箭一樣在水與空氣的分界中朝前滑行著。水的阻力迎面而來，她就奮力地划著手和腿，拚命地往對面的岸邊游過去。

•

為了中秋晚會，中國內地學生聯會租用了學校裡最大的禮堂。晚會當天，他們在那棟樓前掛了兩個大紅色的燈籠，滲透出一道屏障式的紅色的光，與外面被暗黃色路燈勉強點亮的校園儼然隔絕成兩個世界。陳一心帶著朋友們一如既往地遲到了個半小時。到了禮堂前，她發現在紅色燈籠下，參加晚會的人早已排成了一條長長的隊伍。兩個檢票的人，在逐一檢查來者的學生證。陳一心還未及把學生證掏出來，他們就對她打招呼說：

「一心！主席在後台等著你呢，讓你去找他。」

這幾乎是她意料之中的事。自那天吃飯後，她就覺得唐堯德那雙燃燒著的眼眸總是在後面緊緊跟著她，不僅看到她的一舉一動，還看到她的一思一念。她有一種很荒誕的想像：如果自己不聽他的話，唐堯德會不會一怒之下，把東江水斷掉，讓她和香港活活渴死呢？

推門進去，禮堂裡一片明亮，沸沸騰騰地，到處都是人。禮堂兩旁也掛了兩排紅燈籠，燈籠下有人在猜燈謎。中間一行是長長的桌子，從禮堂門口一直延伸到禮堂的舞台前，擺著琳琅滿目的菜。菜的氣味、燈的光亮與人的說話聲混雜在一起，使禮堂變得混亂而溫熱。陳一心逕自往裡走，一路上碰見的學會幹事都主動向她打招呼，給她指往後台的路。

在後台，唐堯德拿著幾張提示卡，正對著鏡子練習演講。與以往不同，他的臉上有幾分紅潤和難以掩蓋的興奮。見了她，他便把一隻手伸來搭在她的肩膀上：

「你幫我聽一下這演講。」

她看看他放在自己肩膀上的手，再看看他如燃燒中的落霞般的雙頰，對他點了一下頭。唐堯德便演講起來了。他語氣平穩，充滿飽含著權威的停頓和張揚，而演講的內容，不外乎是那幾句回顧過去展望未來的話。陳一心站在唐堯德面前，彷彿看到周曉榕坐在她的寶座上，頭戴皇冠，手執權杖，居高臨下地看著她，彷彿她在做著最無稽的事。你為什麼要聽他的話？你為什麼會在這兒？恍恍惚惚間，周曉榕的目光和唐堯德那串紅紅火火的話熱乎乎地融在了她的後腦勺裡，直到唐堯德在自己面前又演背了一遍演講稿，她才把散去的注意力勉強收了回來。

「你覺得怎麼樣？」試講完了唐堯德很認真地問。

待她給他模糊地指出了兩點他可以講得更有意思的地方後，他靠在化妝桌上，托著下巴沉思著，粗厚的眉毛緊緊地攢在一起，彷彿不是在思考陳一心的意見，而是在分析她提出意見這個舉動。兩人間的靜默嗡嗡響著，陳一心禁不住回頭去想自己剛剛說了的話。那話在腦海中盤旋迴盪，被他的沉默拉長壓扁，由於他的沉默而變得十分荒唐起來。終於，唐堯德開了口，說你的意見有道理，他要趁這最後這幾分鐘改一下，非常感謝她，現在請她先到外面等著他。

被趕了出來般，陳一心落荒似地逃出去，心裡卻又有一種雙腳落地的踏實感。她從後台一直往外走，到了禮堂大門外，那兩個檢票的人都已進去了，只有她一個人站在燈籠下。透明的紅色燈光，把她鼻尖前的空氣切割開來，再往前一步，就是偌大無垠的夜。這夜晚讓她感到迷茫和困惑，但又不知為了什麼而迷茫和困惑，就那麼站在那，看著無月無星的天，聽到有模糊的一兩句歡呼隨風傳過來，使她無緣由地顫抖一下子，想這叫聲會不會就是野狼發出來的吼？就這麼思緒混亂地想一會，如同出於求生的本能樣，她在紅色的光暈裡站了一會兒，就轉身回到禮堂了。

當陳一心再次推開禮堂的門，要往裡面走去時，迎面而來的是她帶來的朋友們。A看見她，如釋重負地一把將她抓住說：

「我們到處找你哪——這邊太亂了，開始演講啦，發現音響沒聲音。等了半天也修不好。說地下活動室那邊有另外一個派對，那邊的人聽說這裡有狀況，邀請我們過去那。」

陳一心的心裡有一種直覺迅速成型，就好像之前的人會躺在天台上看低飛降落的飛機一樣，她的直覺像一個巨大的黑影在她的頭上掠過，飛機的轟隆聲和對飛行的期盼震動了她的背脊。隨著離開的人的腳步聲，一切都變得那麼不可預測，那麼，所有的事情都有可能發生，包括她模糊的設想——

——她隨著A、B和C的腳步，再次走過大門前的紅燈籠，到地下活動室的大門前，聽到悶在地下室的EDM（電子舞曲）聲，像隔著一個人的胸口聽到的心跳樣，噴發著生命的力量和節奏。帶著電流的音樂從門縫裡竄出來，瀰漫在他們四周。大家隨著音樂輕微地搖擺著，並又伸長脖子，好奇地去張望門裡的境況。

她看到周曉榕站在大門前，招呼著新來的人進去時，她所有的感知瞬間變得敏銳如刀子樣——宛若心裡有兩個齒輪，「咔」的一聲恰到好處地卡在了一起——此時她到底明白了什麼呢？陳一心自己都不能理解。她看見周曉榕的臉。那張臉如從周曉榕背後傳來的音樂樣，有電流的危險和璀璨。她的眼蓋上抹了一層銀色的閃粉，讓她的眼睛四周形成一層熠熠生輝的霧。陳一心盯著周曉榕緊身裙下那雙修長的、泛著象牙白的腿，感覺到她刻意流露出的惑人的性氣息，覺得那雙腿十分陌生，彷彿自己從未見過般。

周曉榕看到了她，快步地向她走過來。「Karen！你來了！」她熱情的聲調，像是在模仿一個很高興看到她的人。她過來抱了她一下。兩人擁抱時，陳一心感覺周曉榕袒露著的後背上，凝結著酒精味的汗珠兒，黏濕了陳一心的手臂和情緒。「跟我來！」她雀躍地拉著陳一心的手，在眾目睽睽之下把她拽到了大門裡邊。

四周驟然變得漆黑一片，門外的燈光殘餘在陳一心的眼簾上，形成黃色的光塊在跳動。她幾乎看不清周曉榕的身影，只感覺到她的手如鐵鉗一樣捉住自己的手臂，在擁擠的人群裡穿梭。為什麼要這麼緊地抓住自己呢？陳一心的思緒如光塊一樣，一旦想要把它看清楚，就即刻會融化掉。身後的音樂轟隆地炸開，像打樁機一樣把她理智的地層鑿出一條縫，濺起的泥土，化成五彩的的士高（迪斯可）燈揮灑在天花板上，使她逐漸失去對現實的控制。

在她正要探究某種真實或徹底放棄真幻的邊界浮沉時，周曉榕的手突然很緊地纏著了她的腰。

彷彿觸碰到燙紅了的鐵，四周的環境噌地一下變得清晰起來。陳一心看到了她身邊喝醉的人臉上的紅暈，看到了他們拙劣的舞蹈和他們野獸般對歡樂的欲望，看到了周曉榕臉上驕傲的神色——她把周曉榕緊緊箍在她腰間的手用力掰開，轉身嚴厲地對她說：

「What do you want?」

音樂聲像洪水一樣把她的話淹沒了。周曉榕把耳朵湊到她的嘴邊，示意她再說一遍。

「你。到。底。想。要。什。麼！」

連她自己都不清楚她是哪裡來的底氣，可以這樣強硬地把話再重複一遍。的士高燈映在周曉榕眼周的閃粉上，反射出斑爛的豔光。她的眼睛深不見底，淺啡色的瞳孔吞噬了眼周的色彩。可能她喝了很多的酒，一舉一動都充滿著刻意和浮誇——她用飽滿而戲劇性的冷淡語氣大聲道：

「我倒知道你要的是什麼。」

陳一心看著她這徹底陌生的神態，忽然升起一股寒冷的懼意。心裡的齒輪咯噠咯噠地又轉了起來，帶動了她腦海裡血紅色的警鐘聲。不要再說了，她幾乎想對周曉榕說，我不想知道！突然間，陳一心感到了手足無措。彷彿一輛汽車正高速地向她撞來，而她卻因為死亡的無可避免僵直著不動一樣。她眼巴巴地看著周曉榕從口袋裡掏出一串鑰匙，卻沒有任何動力去阻止她。

「——我把他們的音響櫃都給鎖上了，讓他們聯會的活動一場大亂吧！」

是這樣！果然是這樣！陳一心腦子間忽然轟隆一下，頭腦中所有旋轉的齒輪都卡住了。向她開來的死亡之車把她撞飛了。她從蹦極（高空彈跳）台上縱身一躍——身體在半空中急速墮落，有心臟離開身體的眩暈。她先前模糊的假設，現在都有血有肉地落了地。今天發生的事情，竟真的是圍繞著自己而起。這件事情既不可思議，又合乎情理；就好像一個人從不會想到自己有一天會被車撞死，但當車真正撞過時，又覺得果真是如此一樣。

「——Yes! Bloody hell! 對的。就是為了你。為了幫你脫離那個變態。你不就是想要我這樣做嗎？對，我早就看他不順眼了，他那種大男子主義，那種變態的權力欲，真他媽的噁心！Fucking bastard。」

陳一心目無表情地站在那兒，故意不給予周曉榕她期待中的反應，使周曉榕更激動起來。在之前，陳一心從未聽周曉榕這樣狠地說過話。現在她說了，蹦極的墜落到了最低端，捆在她腳脖子上的繩索猛地一縮緊——頭朝下，被緊勒著的痛感讓她頭腦充滿汪洋著血。——變態！她哪裡有資格這樣去說他！她看著周曉榕得意洋洋地翻弄著手裡的鑰匙，看到了勝利與征服為她帶來的快感。——殘忍的人，陳一心信誓旦旦地想，這是個冷酷的掠奪者！

一個微醺的男孩從周曉榕身後一把摟住了她的腰。周曉榕像是條件反射樣，笑得花枝亂顫，扭動著臀部，摩擦著男孩褲子裡微突起的陰莖。她要占領一片又一片的領土，她要建立自己的帝國。音響像炮火一樣在陳一心的腦海裡轟出一朵朵滔天的浪花。她看見水平線上，周曉榕的艦隊吹奏者勝利的小號。

在周曉榕與那人扭在一起時，陳一心一把從她手上把鑰匙奪去；然後推開身後一層又一層的人，借著的士高如虛似幻的燈，尋找著離開的路。

當她心急如焚地穿梭過夜幕下的校園，跑到禮堂前打開大門時，她明白她手上的鑰匙完全沒有意義了。

禮堂裡空無一人，猶如一個被挖去眼珠的眼窩子，由於失去而顯得荒蕪和空洞。赤裸的空間充滿了夜晚的顏色，只有靠門的一排天花燈還亮著，燈光蒼白無力地向裡面擴散，被禮堂裡的無底的黑暗所吞噬。禮堂兩邊，燈籠還整整齊齊地排列著，橘紅色的光如冷火一樣虛幻迷離，在空中漂浮晃動。陳一心站在燈光與黑暗的交界，看見一個影子般的人，在餐桌旁漂遊晃動著，把桌上殘羹冷炙一盤盤地倒進垃圾袋裡。各種菜緩緩滑過垃圾袋，發出蛇叫般的嘶嘶聲。隨之她種種滾燙的情緒，也在這不真實的空間裡冷卻下來了。

我找到原因了！都是那個八婆——她或許可以這樣對他說。

意外而已，別放在心上，你已經盡力了——她又或許可以這樣說。

但她不能說什麼。她小心翼翼，如履薄冰地向那個影子走過去。唐堯德高而薄削的身軀彷彿一碰即碎，彷彿只是為了讓她看到而勉強存在著。她走到他面前，他轉過身來面對著她。他臉上帶著漫不經心的訝異，好像他剛發現了一件極有趣的事情般：

「你來了？唉，這事兒……這回真的是白忙乎了。」

正說著，陳一心一把抓住自己的衣領，用力把上衣從頭上扯下來，然後她又把乳罩、褲子和內褲通通脫掉，噗通一聲，跪在了唐堯德的眼前。

「對不起……」

她捧著鑰匙，舉到了頭頂。

「對不起！鑰匙不是我拿的，但是……對不起！」

她低著頭，感覺到身體的重量像她的愧疚一樣，沉重得幾乎要把她壓到地底。她幾乎可以看到禮堂的木地板下，一根根粗大醜陋的地基柱子，像鐵牢一樣把她這個罪人緊緊地鎖住。

唐堯德從她手中把鑰匙拿了起來。她抬起頭，看見他的臉如薛定諤

（薛丁格）的貓一樣，同時擁有著所有的情緒，又同時沒有任何情緒。她彷彿能看到他身後的天與地，感覺到沙粒在膝蓋上的摩擦，以及浪水拍打到身上的涼意。她在安靜之中等待著，期盼著他觸摸自己的臉，我是否值得這種饒恕？他的手裡拿著解開她鐵牢的鑰匙，但他並沒有要解救她的意思，只是讓她那麼赤裸裸地跪著，那麼茫然、木然地看著她。

到末了，是她自己站起來，用雙手去捧著他的臉，恭敬得如捧著一座偉人的像。她吻他，咬住他的唇，呼出來的氣息在他的眼鏡上迷濛、結晶，凝固成一層薄霧。她學著周曉榕的模樣，搖擺起腰肢，用陰蒂摩擦他的胯部。因為沒有音樂，她的動作緩慢而僵硬。在一切都靜止不動的禮堂裡，她是唯一存在的動。

唐堯德冰冷地站著。她把溫熱的身體黏附到他的身體上，渴望著把他轉化成一個活著的人。在不知所措的茫然裡，她又開始笨拙地去解他的襯衫扣。

「不要。」他說。

唐堯德的聲音輕得她幾乎聽不見，彷彿只要聲音再大一點兒，就有可能引來洪水猛獸和山崩地裂般。

她繼續把他的鈕扣一顆顆地解開，露出他胸間一截白淨的肌膚。待她正要把他的襯衫剝掉時，唐堯德把手按在她移動著的手上。

「我不要。」他再一次對她說。

他似乎是哭著說出了這三個字，滿嗓子裡都是淚。陳一心詫異地抬頭看著他的臉，有兩行眼淚果真從他的眼眶滾滾而下，落到他的下巴尖上凝成一滴水珠兒，啪的一下落在她的手背上裂開了。她用舌頭舔舐他的臉頰，嘗到了他眼淚裡的苦和鹹。她親吻他濡濕的眼蓋，感覺到他眼睛的溫熱。她的舌頭在他的臉上遊走著，他的身體開始劇烈地顫抖，覆蓋在她手上的手，顫巍巍地阻止著她。然而她最終還是貼著他的身子滑著跪下了，把他褲頭的鈕扣解開來，緩緩慢慢地拉開了他褲頭的拉鍊。

彷彿兩旁的紅燈籠，嘭地一下全部燃燒起來了。盞盞烈黃的火焰，化作黑色濃煙向上翻騰著。迷霧之間，唐堯德的臉似真似假。燈籠的影子把他的臉染成黃色和黑色，在扭動的光下被拉得很長很長。他的雙眸如燈籠一般燃燒著。他滾燙的眼睛把他的頭髮燃成一把火——龍！他粗厚的眉毛延伸到他的臉龐外，生出了祂的角和角的分叉兒——這時候，從他的喉嚨裡發出了一聲金色的野獸哀嚎聲——

她把他的內褲脫下後，看到了他的豎得筆直的陰莖，只有小指一樣長。

第四章

APPETITE
AN ERUPTION OF PHYSICAL SATISFACTION!
The Erotic Touch of Hot Skin

日子彷彿已經不再前去了。如果過日子像是在翻看一本書，那麼，看書的人不再翻頁了，日子停在了同一頁，和這溫熱的冬天一樣停滯不前了。

每天早上，陳一心八點起床，八點半出門跟唐堯德吃早餐，九點送他去上課，然後自己去圖書館裡再補眠。到了該上課的時間她醒來，收拾東西去教室。每週一、三、五、六的晚上跟唐堯德吃晚飯，週五、六晚飯後到他的房間去做愛。每週二晚上唐堯德的學會開例會，她就找自己的朋友吃晚飯；週日他同意她回家去一天，週一早上再回校。

生活有了這樣的節奏，時間就好像永遠沒有前進過。想到這一點，陳一心有些訝異了。她並不為此感到有任何不安，有時甚至誠實地想，我過得像一條狗，可她又不因此感到委屈或受辱。她不感到日子沒完沒了，亦不覺得日子沒有意義。自從唐堯德管治了她的生命，她既享受著擁有主權的幻覺（他甚少逼她做她不想做的事情），又不用承擔獨自生存的迷茫和不安（她完成他給的任務，又遵從他的最高指引）。反正在這種平衡裡，日子像水上結的一層冰，表面靜止卻又有暗流湧動著。

又一個週二的早晨，七點五十分，在鬧鐘還未響時，陳一心從睡眠中睜開眼來。她躺在床上，因為睡眠的厚重而還沒完全清醒，看著房間的輪廓從空白之中逐漸浮現，只覺得這房間好像海市蜃樓一樣難分真假。她想不起自己做了什麼夢，又或者是她根本沒做什麼夢——好像有很長的一段時間，她睡覺的時候總像一部關了電源的機器樣，沒有任何思想痕跡。

拿起手機，正要把未響的鬧鐘取消掉，陳一心看到了唐堯德半小時前給她發來的微信：

——今天不吃早餐，8:30來海邊找我。

8:30？那麼好吧。

她起身、洗臉、刷牙、化妝、收拾書包、出門。眼前還晃動著未睡醒時的那片空白。朝向海邊走去時，她並不去想他到底讓她去做什麼。地平線隨著她的腳步上下晃動，在剛升起的陽光下，海洋折射著銀色的光，浮著一片奶白色的霧。唐堯德倚在海邊長廊的護欄前，背對著大海看她走過來。他盯著她，像一隻在迷霧繚繞的懸崖上佇立著的鷹一般，似乎隨時都會朝她俯衝下來樣。

「怎麼啦？」她問他。

「我買了早餐，咱們在這兒吃。」

在邊上的一張長椅上坐下，他們一邊喝著熱奶茶，一邊看著太陽逐漸向上移，直到海水出現了原本的藍。陳一心發現唐堯德今天異常地靜。他眉頭緊鎖，一言不發地望著海浪沖刷堤岸，彷彿那海水的動態，給他帶來了極大的困惑。

「你沒事吧？」

啪的一聲，浪花在石堤上炸裂開。

「想事兒呢。」

他伸了個懶腰，把頭向後仰，擱在椅背上。看著他閉起的眼睛和仍然皺著的眉，陳一心不去問他在想什麼。很多時候，她發現自己並不想知道唐堯德在想什麼，好似觀眾並不真想知道魔術師的祕密，又或粉絲並不真想知道偶像的感情生活般。但今天這件事情興許與她有關著——他剛才等著她走過來的時候，臉上的專注裡藏著不可抑制的興奮，使她不由得產生了一些期盼。

終於，他站起身來，把飯盒拿到垃圾桶扔掉，然後拉起她的手，對她說：

「乖，跟我來。」

他溫暖的手指在她的手上一捏，她就幾乎是自動地從椅子上站了起來。期盼的暖流像冉冉而起的陽光一樣灌滿她的全身。似乎是為了拖長懸念，兩人一路無話，沿著海旁，一直走到了盡頭處的那棟海洋科學樓前，他才從背包裡取出一個眼罩說：

「現在先把這個戴上。」

他用一隻手掌把眼罩捂在她的眼前，另一隻手利索地把眼罩的帶子箍在她的後腦勺。眼罩緊緊勒在頭上，從眼窩和後腦勺處傳來陣陣痠麻的痛感，使她被緊壓著的眼球上浮現出許多紅色的光塊，成為她原本一片空白的早晨裡的第一塊色彩。她抓住他的手，一步一步地向前探索。唐堯德帶著她走上了台階，然後又好似進了一道門——她聽到關門的聲音，以及關門聲在封閉的空間裡的回響。她想像到空間的幽閉，讓她覺得彷彿與世界隔絕了一般，就往唐堯德的手上輕輕一捏，似乎是想把他的手臂放在自己的腰間樣。就這樣一直往前，上了許多樓梯又進了許多個門，最後唐堯德終於站住了腳。

「停。」

他扶住她的肩膀，使她站定，再捏住她的手臂，小心翼翼地調整著她手臂的位置。她覺得手心一涼——她的兩個手掌被貼在了一道牆上。牆壁應該是用瓷磚鋪成的，從她手心傳來陣陣白色的寒意。唐堯德呼出的霧氣溫熱地黏在她的脖子上。瓷磚的涼和他身體的熱，在她的身體裡相互衝撞，使她的手禁不住鬆了一下。

「手不許動。」

他的聲音變得銅鐘一樣低沉，在她雙耳之間震動回響著。接下來，他把大手探到她的胸罩外，搓揉著她的乳房。因為手不能動，她只能扭動著腿，摩擦著雙腿內側，以舒緩腿間的搏動。

而他依然地不讓她動，用一隻手牢牢地抓在她扭動的屁股上，又用另外一隻手把她的褲子脫下來。她感覺到他滾燙的陰莖在她屁股和陰蒂之間蟲子樣快速地扭動著。他扯高了她的上衣，使她露出半截身子，又把自己的身軀蓋在她的後背上。他們肌膚的摩擦，讓她想起拍在石堤上的浪花——這時一下又一下地拍打在她的陰壁上，使她的陰道變得濡濕一片。

她既已足夠濕，他就把龜頭貼在她陰蒂的附近，尋找著她的陰道口，然後用力一戳——或許出自對這個角度的不習慣，他戳在了陰道口偏上的地方。陰莖沒有進去，在順著她的陰部滑落。他意識到了自己的錯誤，迅速地用手指探索她的下體，然後找準了陰道口後，再次把陰莖放進去。這次，他的動作有了些遲疑，只有確認了陰莖完全進去以後，他才開始緩緩地抽插起來。

可惜太遲了。那一瞬間的滑稽，深深烙在了陳一心的腦海中。她想像他幼小的陰莖，無力地滑落在她陰蒂外的畫面，繼而想像到他現在在她身後夾著屁股挺腰的模樣。一切都抹上了一種荒唐的顏色。她幾乎能看到他們兩人光著下半身，一本正經地互相撞擊著身體，愚蠢又笨拙。這種突如其來的意識，使她的陰道又迅速乾澀枯滯，像一個逐漸被抽空的塑膠袋一樣，把他的陰莖包裹得越來越緊。他不知所以，繼續費力地抽插著，直到她痛得只覺得身體裡有一把匕首在亂捅，才猛一下子站直了身，輕輕把他放在自己屁股上的手拿開，說：

「今天不知道為什麼這麼乾，我們下次再來好不好？」

有那麼幾秒的時間，他默不作聲，停下了手裡的一切動作。然後她聽到他往後退的聲音。她想像他計畫落空的失落，知道他本來或許有很大的期望，就也有一些不知所措起來。她只覺得自己的下身格外地赤裸著，便把內褲迅速地拉回到上面去。在惶惶之中，她把眼罩摘了下來：

「對不起……」

終於，她看到了自己身在何處——天花板上的燈罩裡躺著兩隻蒼蠅的屍體，像一種不乾淨的標誌，從她的頭頂籠罩著她。她聽到水流過銅做的水管時，發出野獸喉嚨的聲音。滿天滿地都是白色的瓷磚，把燈光反射再反射。把眼睛睜得再大一些，一切都變得一覽無遺了。他們竟是在一個殘疾廁所裡！多麼諷刺，她竟在這如此私密、如此隱蔽的空間裡，感到了一覽無遺的荒唐和恐懼！在煞白的燈光裡，她只覺得自己被暴露在成千上萬的細菌的觸手下。她詫然地看著自己正對著的白牆，想到自己的手適才還按在這牆上，頓時想像到從人的糞便飛濺出的各種污物和細菌，沿著牆壁爬到了自己的手上和身上。

好久沒見過周曉榕了。

她跑到洗手盆，手指交叉搓著洗手液。水龍頭發出白嘩嘩的聲音。心中的厭惡也隨之逐漸向上升，直到水聲和厭惡一道淹沒了她的喉嚨，她才壓抑著自己的情緒開口說：

「這裡這麼髒！」

因為是背對著唐堯德，她看不見他的臉。然在她轉過身子時，她聽見他清了清嗓，聲音裡有種憤懣和理直氣壯：

「哎——你老實告訴我，咱倆那個的時候，你是不是都沒爽過啊？」

喔，原來如此。

「『那個』是哪個啊——你講啥嘛。」

她不敢看他，半背著他杵在那裡。她說「啥」的時候，舌頭並不完全捲到後面，發出像「沙」一樣的聲音。

唐堯德再一次走到她的身後環腰摟著她。這一次他的身體完全軟了下來，連他因為瘦削而突出的肋骨，此時也都是軟弱的。他彎下腰，把頭埋到她的肩膀上。他的脆弱像冬天的太陽般珍貴又溫暖。她感覺到心臟融化成水後，向下流動的溫暖和觸覺。她用指甲輕輕在他的手背上刮了一下說：

「你放心，不是你的問題。」

「你咋知道的？」

「那個的大小沒你以為的那麼重要。」

「不可能吧……」

「咩唔可能啫（怎麼不可能），連一個女人啊，都可以令另一個女人高潮。」

「睇說——你試過？」

他下巴上的鬍渣刮過她的脖子，使她想起自己在海邊那個晚上跪在泥土上時，膝蓋所感受到的輕微痛感。她轉頭去看他的臉，要探究他是真不知道還是假的不知道。他的頭沉著，雙眼看著地板的某一處，像一隻趴在地上的獸。他真的不知道？也許他真的不知道。

「反正是真的。」她柔聲地說。

他猛地站直了身，扳著她的肩膀，把她的身體轉向了自己。他那龍一樣的瘦長身軀上，所有的鱗片都豎了起來，在天花燈的照耀下閃閃生輝，使他的存在一下充滿了這小小的空間。

「你跟誰？」他的聲音轟隆隆地從天而降。

陳一心沒有預料到他會有這樣的反應。她站在那裡，不確定應該和他說什麼。

「一個朋友而已。但重點是，這個高潮的原理……」

「重點是我連女人都不如是不是?!」

他的聲音向上一拔——他要騰飛起來嗎？脹紅的臉開始燃燒。四壁的白瓷磚，映射著他臉上的熊熊烈火，使這空間裡的溫度一下子飆到了極高。燃燒所產生的龐大的二氧化碳，膨脹著壓到她的身上來。她開始害怕了。她看到青筋像青龍一樣爬滿他的手臂，訝異地發現他的肉體原來蓄著那麼多的力量。她甚至能從他臉上的火光中，看到凶殘的影子在搖曳。

我在想什麼？他怎麼可能理性地討論這件事情呢！

她害怕極了。她只好哭。她嘗試用冰冷的沉默，去勉強抗衡他熾熱的暴力。「絲」的一聲，陳一心的眼淚沖出來，啪嗒啪嗒地澆在他的怒火上，升起了一縷縷焦黑色的煙。她把頭低下去，在因恐懼而起的抽噎間，竟真的開始覺得自己委屈和悲慘，於是哽咽著說：

「你不要這樣，你知道我不是那個意思……」

他緊緊地盯著她，彷彿從未認識過她一樣。然後一側身，他從她身邊開了廁所的門，逕自出去了。直到他的身影完全消失在樓梯口，她的眼淚還在一直地往下掉。

第二天早上，陳一心並沒如常地跟唐堯德吃早餐。她七點半猛地扎醒，又躺在床上逼著自己睡回去，一直睡到了十二點才又醒過來。翻個身，她看到C給她傳來的一個連結：

——這是你的朋友吧？

她點開一看，是國際學生會的一個聲明。先用英語寫一遍，又在下面加上了中文翻譯：

〈香城大學國際學生會就學會群架之聲明〉

昨晚，本會幹事出席於學校食堂舉辦的學生會會議，以討論各學會在宣傳期間，可以在食堂張貼各自宣傳材料的範圍。討論開始之前，中國內地學生聯會主席給個人分派出一份食堂的平面圖，標示出他們所主張的分配法。根據這幅圖，中國內地學生聯會將得到大約半個食堂的宣傳面積，而另外的幾十個學會，則只能分攤餘下的半個食堂。

本會幹事對此深感不公，並就此提出異議。對方主席威脅我方，提出倘若我方不同意他們的提議，則聯合其他學會把本會踢出會議，剝奪本會獲得宣傳面積的權利。我方對此提出強烈抗議，提倡各學會共同反對中國內地學生聯會的不平等提案，並重新以自由討論的方式定出公平的面積分劃方式。大部分學會卻並不表態，默認了中國內地學生聯會的安排。本會對此感到匪夷所思，並認為在正常的情況下，各個學會並沒有理由接受中國內地學生聯會的不公平對待。

本會某幹事被對方挑釁性用詞激怒，與對方幹事發生了肢體碰撞，導致雙方其後因爭執而導致打架行為。本會對我方衝動的處事手法深感抱歉，亦會作出相應的內部處理。同時，本會強烈譴責中國內地學生聯會的不公及挑釁性行為，並已將事件上報至校方處理。

陳一心給唐堯德打了好幾通電話，電話那頭都只傳來一片紅色的嗶嗶聲，沒有人接。她甚至有一種衝動，想給C打個電話，把來龍去脈都跟她說清楚，然後問她自己應該怎麼辦？為了制止自己的衝動，她躺在床上，把被子的四個角緊緊地壓在身下，讓被子像一個繭一樣包裹著自己。在那緊裹的被子裡，她又想起了唐堯德手臂上的青筋，覺得世界在她窗前飛快掠過，她卻被鎖在了房間裡。她忽然意識到，自己並不是個重要的人。在這種時刻裡，沒有人需要她，也沒有人告訴她任何事。

焦慮燃燒掉了她腦子裡的氧氣，使她在憤慨和無力的掙扎之間昏昏沉沉地又睡了過去，夢見了她與唐堯德牽著手一起去街市買菜。銅色的魚腥味瀰漫在他們的四周，使她看不見前面的去路。她緊緊抓著唐堯德的手，聽見小販的吆喝聲越來越弱，直到她突然聽到唐堯德一聲大喊，覺得他的手變成了一隻爪，使自己握都握不住。然後他如銅鐘般的聲音，不住地在她耳邊迴盪著，使他嘴裡吐出的字變得模糊不清，聽了很久她才聽出他說的是什麼：有蟑螂！有蟑螂！

電話突然響起來。她猛地坐起身。銅色的霧還在眼前鋪展和縈迴。眨眨眼，她重新記起已經是白天，未看是誰打來的電話，就按下了接聽鍵：

「你給我打電話啦？」

唐堯德的聲音裂開了些許，彷彿是白色眼球上的紅色血絲。陳一心聽了，幾乎為昨天惹過他生氣而感到歉意。她彷彿還能聽見他在她夢裡的驚叫聲；那種恐怖現在與他沙啞的聲線交叉在一起，使她為他感到害怕起來：

「你沒受傷吧？」

「我還能自己動手不成？」

「那現在件事點（怎麼）樣？」

「今天早上去見校長了。」

「之後呢？」

「也沒啥。」

不對的。這次她覺得自己成為了那片魚腥味的霧。唐堯德在霧裡橫衝直撞，卻完全看不見他身後千萬隻蠕動著的蟑螂，正像海浪一樣撲向他。她不知道自己憑什麼總覺得他的災難都因自己而起，但她確實為他感到一種危機感：

「那校長怎麼說？」

「他能怎麼說啊？他壓根兒就不想管這事。是那個英國女人去告狀了——就是那個國際學生協會的主席——丫的非得跟學校說我們是非公平競爭，說我們不道德，有賄賂其他同學的嫌疑。我操，這他媽的什麼破事兒。還他媽的要用英語跟他們在那兒說半天，我操。」

「所以你其實……」

「沒事兒，我告訴你，這個人我肯定得收拾她。」

把電話掛了以後，她從床上翻身下來。赤裸的腳碰到地板，涼氣沿著腳底一直攀到腿肚子上。她走到書桌前，把書架上的咖啡罐拿下來，又挖了三勺咖啡粉倒在杯子裡，才穿上拖鞋，拿著杯子去取熱水做咖啡。要出門時，她意識到自己餓極了，肚子裡發出打雷前那種黑壓壓的咕嚕嚕的響。如此她拖著身子，用肩膀把門撞開來。

不公平競爭？賄賂？

飲水機嗡嗡作響，斷斷續續吐出幾柱熱水來，像一個喝醉後坐在馬桶邊嘔吐的人。咖啡粉半融到了熱水裡，從杯子中升起一陣青澀的鐵的氣味，有星星點點未融化的咖啡粉，像頭皮様飄在那褐色的液體上。她可以想像到飲水機的熱水管裡，必定生滿了斑斑駁駁的鏽。她甚至相信地底下輸送生水的管子四周，完全可能爬滿了蟑螂。蟑螂身上的細菌滲透生鏽的管子，順著水流游到水機口，再從水機口落到她的杯子裡。

咖啡因有沒有殺菌的作用呢？

在等著杯子注滿熱水時，她四處張望著，看到電梯出口處，正遙遙走來一個熟悉的身影。周曉榕一隻手挽著肩上的書包，一隻手正飛快地在手機螢幕上打字。手機螢幕的光，鋪滿了她左邊的臉。她的鼻梁把光閘住，使她的臉像上弦月一般半邊青白，半邊陰暗起來。因為低著頭，周曉榕完全沒看見站在一旁的陳一心，直接從陳一心身邊走過去。陳一心一直盯著她的背影看，直到她走到寢室門口，從書包裡找鑰匙開門的時候，她才禁不住脫口而出道：

「Hey!」

周曉榕轉過身來。她的臉上先是迅速地閃過了一層驚愕，然後將表情停留在了一種滿腹狐疑的神色上，彷彿在思考陳一心是否忘記了她們之間的尷尬，抑或找到了解決這種尷尬的方法？在極度安靜中，陳一心耐心地等待著她搜索回應的話，直到她終於開口說：

「今天不用上課嗎？」

「我今天不去了。你呢？沒課？」

「今早去了校長辦公室，就沒去上課。」

陳一心一言不發地站在那裡，看著周曉榕把鑰匙插進門鎖，把鑰匙一扭，門邊發出一聲乾脆的「咔嚓」聲，使她想起上一次她見到周曉榕時，心裡也彷彿是兩個齒輪似的，「咔嚓」一聲完整地吻合在了一起。這個想法使她下意識地把手插到褲兜裡，又把褲兜裡的手捏成了一個拳頭。

推開門，周曉榕站在門框前細細地打量陳一心。終於的，她歎了一口氣，像個在玩具店裡看著孩子哭著不肯走的母親一樣，過來輕輕扯著陳一心露在褲兜外面的手腕說：

「我們進去說話吧。」

陳一心像一個氣球樣被她牽了進去了。

踏入周曉榕的房間時，陳一心首先意識到，這是自她們認識以來，她第一次到這裡。接著，一種淺淡的、青白色的漂白劑味，像一片薄紗一樣落在了她身上——就在這種氣味觸碰到她身體的那一剎，那些關於周曉榕的記憶一下子全都甦醒過來——游泳鏡的藍色混合了夜晚微涼的風混合了轟耳的電子音樂混合了周曉榕的手指在她陰道裡的觸覺這一切都像傾盆大雨一樣落下來。她看到周曉榕的房間裡，一切東西都井井有條地在自己該在的位置上，整齊得恰到好處，毫不費力。連她的窗戶都擦得明明亮亮——整個學校，哪裡會有學生擦宿舍窗戶的——陽光透過窗戶落到了她的床鋪上，塵粒在固體的陽光柱子中，好像滯住了一般，沒有任何要下墜的動態。雜七雜八的情緒，暴雨樣把陳一心淋得渾身濕透。而周曉榕的房間，卻像一道堅硬的牆，在暴雨中絲毫沒有晃動的跡象。由於一切都完完整整，恰如其分，這讓陳一心竟不知自己該怎樣站著，或者該如何坐下才合適。

把書桌旁的椅子搬出來，周曉榕讓陳一心坐下，然後她自己又脫下衣服，換上了睡衣，才井井有序地坐到了床沿上。她脫衣服的時候，陳一心把頭轉了過去，看著窗外樹上的一片葉子，拚命地呼吸著冬天的陽光。

「你有什麼想跟我談的嗎？」周曉榕隨著她的目光向著窗外瞥了一

眼，然後把眼睛放回到她的臉上，直截了當地問。

為了模仿她的這種語氣，陳一心不允許自己多加思索，脫口而出說：

「我跟他在一起了。」

「那個中國人？」

「Yea.」

「Then what can I say, you make questionable choices.（那我可以說些什麼呢，你總做這種值得懷疑的選擇。）」

「你是國際學生會的主席吧？」

「是的。」

「我聽說你們昨天的事情了。」

「那你有什麼想說的？」

陳一心默著不說話。

周曉榕又問到：

「你知不知道到底是怎麼一回事？」

陳一心不確定應該說知道還是不知道。

「那就讓我給你解釋一下——」周曉榕動了一下身子，又抬頭看看她：「有一個經濟學的分支，叫做博弈論。博弈論裡面有一個著名的邏輯題，叫做海盜博弈，你聽說過嗎？

「有五個理性的海盜，要分一百個金幣。先由A提出分配金幣的方法，然後五個人投票來決定通不通過他的方案。如果過半數不同意，那就要把A扔出船外餵鯊魚。如此類推，如果A被扔出船外，那就到B提出方案，然後依次到C、D，還有E。

「假設他們五人完全理性而且都十分聰明，那金幣的最後分法將會是：A得到九十七個金幣，B得不到任何金幣，C得到一個，D得不到任何金幣，而E得到兩個。

「這時可能你會想：A提出這樣不公平的方案，其他人怎麼可能會同意？但事實是，當他們使用這種投票形式決定時，他們已經把自己某部分的命運交到別人的手中了。為什麼是這樣？因為提出方案的人要想的問題是，其他人如果有機會提出方案，會提出怎樣的方案？自己又怎樣在讓他們同意自己的方案的前提下，給自己爭取最大的利益？這樣的話，就要先從最後的那個人開始想：假設A、B和C都被扔到海裡了，只剩下D和E，那麼D無論提出什麼方案，E都會否決，把D扔到海裡，自己獨吞所有金幣。因此，無論C怎麼說，D都會為了保命而同意。

「如此，C知道了D無論如何都會支援自己，就會提出讓自己得到所有金幣，另外二人什麼都得不到的方案。B想到這一點，就會提出讓自己得到九十八個金幣，D和E各得一個的方案——這樣，D和E能得到的起碼比C分的時候多一點，就一定會投票同意。A想到這一點，自然放棄取得B和D的支持，直接給C分配一個金幣，給E分配兩個金幣。在這種情況下，C和E得到的都會比B分配時他們所能得到的多。因此A、C和E都投票贊成，這個方案也就能通過，A就能把自己的利益最大化。

「現在你來看，A之所以能得到這種結果，是因為在這個看起來民主的投票過程中，五個人其實是不平等的：由於提出方案的先後次序不一樣，我們得知A比B的權力大，B比C的權力大，C比D的權力大，D比E的權力大。而你的……男朋友，就像這個邏輯題裡面的A一樣。他提出了一個極不公平的方案，而誰要是不同意他，他就讓超過一半的人投票把反對者踢出會議，這個反對者，也就是我，就跟海盜博弈裡得不到金幣的B一樣。

「問題是，在一個學會的投票中，他憑什麼獲得最大的權力？為什麼他可以先提出要求，而且超過一半的人會支持他的這種沒有道理的霸道行為？顯然，這些支持他的人，必定是通過別的方法得到了利益——無論他給予他們什麼，這都是不可理喻的事！學生組織活動，本來就沒有高低之分，應該是人人平等。但這種卑鄙的、流氓式的壟斷行為，堪比經濟學裡的卡特爾，這在英國是違法的。」

說到這裡，周曉榕停頓了下來。陽光凝固在她半透明的眼睛裡，她熱切地看著陳一心，似乎期待著她說些什麼。銀白色的光，如沉默一樣在兩人之間流淌著。陳一心想說什麼，卻又欲言又止，腦子裡雜亂的英文字句，像牆上的蒼蠅一樣看得見卻抓不住。

周曉榕說：「我不知道你的道德標準是什麼，老實說我也管不了，我只是……」

她不再說話。屋裡的陽光，似乎隨著外面車輪劃過路面的聲音膨脹起來了。陳一心的情緒也隨之混亂高漲著。周曉榕劈頭蓋臉的理論，使她為唐堯德感到不安。事情與她無關又似乎全都因為她。腦子裡一片混亂和黏稠，使她的思想原地打轉，停滯不前。她需要看清事情的複雜性，又不得不想到自己對唐堯德的那種熾熱的維護心態，到底有沒有理性的根基。這彷彿是把車飛快地開著，突然發現前面是一道懸崖，才想起需要急急地煞車樣。混亂一直驅動著她灼熱的情感，又因為理智這灼熱被迅速冷卻下來，猶如吃了熱菜後喝下冰水時，感到食物的油熱碰著冰冷而在胃裡的凝結，幾乎讓她噁心得要吐出來。

周曉榕從床上起來了，她過來握起陳一心的手，用另一隻手輕輕撫著她的手背。然後她拉著陳一心坐到了自己的腿上，慢慢抱緊她——她修長而有力的手臂，環住陳一心的後背，既使陳一心的眼睛埋在了她的鎖骨裡，又讓她的乳房鑲在陳一心的喉嚨處——她們的身體一凸一凹地相互對疊著，剎那產生了一種穩定性，像是所有在陽光中扭動的塵粒，都一下子落到了地上一般。在這種毛茸茸的黃色的溫暖中，她聽見周曉榕說：

「沒事的，一切都會沒事的。無論事情最後怎樣，其實都沒有關係。不是嗎？所有的事情都是這樣的，無論喜不喜歡，痛不痛苦，最終有一天你會接受事情的結局。就好像水一樣，到了什麼容器裡，都最終會變成那個容器的形狀。」

嗅著周曉榕脖子根的香氣，陳一心覺得自己因為站在了懸崖處，反而離太陽更近了。她被周曉榕那太陽一般的體溫融化著，思想像水一樣，緩慢地擴散到周曉榕的邊邊和框框，成為了周曉榕的思想的形狀。她開始覺得，的確很多事情是沒有什麼可想的，很多事情是可以接受的。於是靜默地待在周曉榕的鎖骨裡，直到周曉榕從她身上起來，用透明的聲線對她說：

「你還有沒有什麼問題要問我？還有什麼特別煩惱的事？沒有的話，你回去休息一會吧。我們兩個人都累了，我還有許多事情要處理。」

在一陣暈眩般的困惑中，陳一心回到隔壁自己的房間，她往床上一躺，便沉沉墮下，落入了漫長的睡眠。

再次睜開眼時，暮色正在迅速地從房間裡抽身而去。陳一心半睜著眼，看著空氣裡灰藍的顏色被正在落下的太陽吸到窗外去。待她的眼睛完全睜開，房間已經變成一片鉛色，使她不由得想：

就這樣過了一天了啊。

這一天發生過的事，像是一直在天花板上四處浮游著，現在因為她的醒來，而又徐徐地從天花板上沉下來。她睜著眼睛，看著這些事情和思想，像紙片一樣在鐵質的空氣中翻滾著，宛如自己通過望遠鏡在觀星般，既感到宇宙奧祕，又感到宇宙與自己毫無關係。就這麼躺了許久，感覺胃裡空空如也，想到血管裡僅剩的血糖，彷彿空氣中的紙片一樣在自己的血流中漫遊翻滾著，被飢餓的細胞消耗。

咚，咚，咚。

好像有人敲了三聲門。她不想相信真的有人來找她，繼續躺在床上，一動不動，直到外面的人再次敲響了門——這次的敲門聲又急又響，直到聽到拳頭從門板上反彈出去的聲音，她才喊了一聲「黎啦」（來啦），一下子站起身來，猛地覺得一陣暈眩，眼前黑銀黑銀地什麼都看不見，也就衝著那黑銀，跌撞到門前把門打開——

宿舍管理員站在她門前，正以一種新奇的目光打量著她。她看到管理員身後站著的唐堯德，並沒有因為她開門而表現出任何的驚訝，只是一臉疲憊地把頭靠在門框上，使頭髮鬆軟地散落在額前。

「你看她，冇咩事啊（沒什麼事），多生猛。」

管理員的聲音粗糲刺耳，帶著許多嘲諷的意味，彷彿唐堯德讓他從管理員那張椅子上起來，走到她的宿舍前，是一件極其為難的事。唐堯德喃喃地道了聲謝，就要從他身邊走進她房間裡，卻被管理員立刻大聲喝住了，說他不是這個宿舍的，不可以這樣走進去。由於學校的宿舍有進出限制，平時唐堯德進出陳一心的宿舍，都是由陳一心帶他進來，在宿舍樓前簽名才可以通行。現在，管理員嚴肅地板著長臉，突出的下顎使他有一種猿猴的型態，看起來既凶狠又滑稽。

陳一心看著管理員的臉，說：

「他是來找我的，等一下出去再補簽行不行？」

管理員皺起眉頭瞪住她，又充滿敵意地看了眼唐堯德，彷彿他們沒有在門口簽名，就觸犯了重大的法條。最後，他搖著頭重重地歎了一口氣，背著手往電梯那兒走去了。

「做什麼？」陳一心倚在敞開的門上問著唐堯德。

「想見你。」

「我的意思是，你讓管理員來做什麼？」

「給你打了好幾次電話你都沒接，就跟管理員說怕你出了事，讓他帶我上來看看。要不然他哪兒能讓我上來？」

「那你就是騙他啦！」

「怎麼說話呢？你要真的出了事兒呢？」

「出事出事，我明明給你發了微信，講了今天要在房間裡休息睡覺的。」

「你他媽從中午開始睡？」

唐堯德輕輕推開她擋著門口的肩膀，自己側身進了房間。他雙手捏成拳頭，使勁揉著眼睛，直到拳頭幾乎陷進眼窩裡，才又伸開手，將雙掌緊緊按在眼睛上，躺到她的床上去。

陳一心把門關上，靠在門上看著他被揉得通紅的雙眼：

「請你把鞋子脫下來再上床，還有褲子，別把我的床弄髒了。」

唐堯德不看她，把鞋子踢下來。

她又問：

「你昨天晚上到底做什麼了？」

「學會那點破事兒，談著談著就打了起來。」
「講得好像什麼都跟你沒關係一樣。」
「你啥意思？」
「你總逼著別人做一些事情，其實人家未必想聽你的。」
唐堯德把頭從枕頭上猛地一抬，他的脖子變得又細又長，彷彿頭和身體是靠一段繩子連著樣。他直勾勾地看著她，眼白上充滿血絲和渾濁，似乎那眼白隨時可以化成血液從眼眶流出來。
「是誰給你放的狗屁啊？」他突然用尖利的嗓音問著她。
「你嘴乾淨些……」
「不會又是那個英國婊子？」
「是又怎麼樣，我不可以有自己的朋友嗎？」
唐堯德又把兩個手掌重重地按在兩個眼睛上，彷彿極其痛苦般，之後緩慢沉重地呼吸著：
「天哪……」

「不是什麼特別的朋友，只是她住旁邊這個房間，有時候會碰到而已。」

「媽的那麼巧！那你可得讓她當心點，千萬別讓我碰見。」

「喂！你可唔可以……」

他突然坐起來，打斷她的話，聲線平靜卻十分響亮地喚：

「她給你說什麼你就信什麼嗎？叛徒！叛徒!!」

而後他又躺下了，專注地盯著天花板上的某一處。他的眼珠子泡在他眼中的血液裡，瞳孔擴大、擴大、再擴大，快要把天花板吸進他的眼睛裡——宿舍樓搖搖欲墜，幾乎要隨著天花板而倒塌。他的瞳孔把所有可能有的對話都在霎時吸掉了。只剩下他們兩個人待在黑色裡，許久許久不語著。

過了許久後，陳一心動動身子說：「你把褲子脫掉，我有睡褲給你穿。」一聲音在一條吊在空中的鋼絲上遊走著，帶著粉身碎骨的準備和小心。

「你少他媽給我來這套。」他的聲音猛地硬得像鋼鐵樣。

空氣凝聚起來了，形成一塊巨大的固體，噹的一下砸在她的頭上。她一下子好像沒了呼吸，如一條剛從水缸裡撈上來的魚。她覺得自己全身的肌肉在一瞬間緊繃起來了，把她的身體向不同的方向拉扯著（連她陰道裡的肌肉都一下子縮緊了，使她的陰道口像魚嘴一樣張開）。幾乎是無意識地，她一個挺身，拍打著魚尾，又縱身一躍——她撲到了唐堯德的身上，然後把雙手勾在他的褲頭上，把他的褲頭往下扯。唐堯德在牙縫之間吸了一口氣，「嘿！」他說，然後他一隻手把陳一心的手從他的褲頭上打開，一隻手把陳一心的肩膀用力推開。

陳一心感到手背上熱辣辣地痛，低頭看到微絲血管在自己手背上劈里啪啦地炸開。如同一條被斬開了的魚，牠由於神經反射而又撲了上去。她能感覺到自己的指甲，陷進唐堯德腹部的皮膚裡，抓出長長的血痕。唐堯德掙扎著起了身，迅速地用他的一隻大手把她的兩個手腕緊緊地鉗住。他的聲音像翻滾著的火舌，炎紅炎紅地從他的喉嚨深處吐出來：

「你ㄚ那麼想看我脫褲子！那麼想看我脫褲子，啊?!我他媽就脫給你看！」

他用另一隻手利索地把皮帶解開，又把皮帶從腰間抽出來——他說的那些灼熱、燃燒著的話，把他的皮帶燒焦了，使陳一心聞到皮帶上有一種夾雜著焦糊味的動物氣息——他仍然嚴嚴地抓住她的手腕（他力氣原來那麼大！），繞到了她的身後，用膝蓋頂著她的屁股，使她不得不向床頭敞開著的衣櫃走去。然後，他把皮帶勒在她手腕上繞了一圈，又把皮帶纏到衣櫃裡用以掛衣服的橫柱上，緊緊地打了個結。

他把她的褲子扯下來。

「還敢這麼抓我，我就把你指甲全部拔出來——明白了嗎？」

他在她耳邊說著，他滾燙的鋼鐵般的身體，他身體上一節節的刺肉的鱗片，使她魚嘴一般的陰道裡的水沸騰起來——她身子軟著，從被吊起來的手腕處，充分感受到自己身體的重量，又覺得自己像一只裝滿了水的氣球。

他又吼：

「我問你明白了嗎！」

他的陰莖像魚鉤子一樣插到了她的陰道裡。衣櫃只開了一扇門，另一扇門還關著，他就夾著她的身子，猛烈地向關著的櫃門頂撞。衣櫃搖晃、搖晃、搖晃、搖晃。她的陰核頂在門邊上摩擦著──「叛徒！」他在她耳邊說──他尖銳的獠牙，深深插到她肩膀的肉裡；他的爪子用力打在她的屁股上，發出清脆的啪啪聲──她的陰核越來越腫，直到她禁不住叫了出聲──「閉嘴！」他把手掐在她的喉嚨上──因為被掐住了喉嚨，她就沒有了呼吸──她的鰓張合著、張合著，空氣從她的鰓裡進去又出來，只有百分之一的氧氣融進了她的血液裡──腫脹的陰核像通了電一樣，電流從他的身體傳到她的身體裡──到底龍是閃電的化身，還是閃電是龍的化身呢？

這時的天和海變成一片純粹的黑色，像一塊固體般，把全世界都漿住了。雲和海水都在高溫的空氣之中翻滾著，幾道金色的閃電閃現在天邊，一下子把一塊黑色的雲朵緊緊勒住。觸電的雲朵劇烈地顫抖著，海浪的尖端快要觸碰到天際。閃電變身成一條龍（她想起萬里長城是東方巨龍這說法），龍的咆哮聲鋪天蓋地——小小的金色的魚，被海浪拋起，懸空，旋轉，被另一波海浪接住再拋起，又啪地一聲摔回到水裡。整個身子都火辣辣地疼，疼得一片血紅，疼得讓人激昂，讓人看到黃色的星星——

——「啊」的一聲，氣球爆炸了。

氣球裡的水像瀑布一樣從她的陰道飛流直下，飛濺得滿天滿地，滿床滿櫃，滿桌滿椅。精液順著她的腿根流下，使她間歇性地顫抖著，彷彿電流正一絲絲地從她的陰道流過她的大腿，再接到地上流到地心裡。

唐堯德喘著氣，把綁著她的手的皮帶解了下來，軟癱在床上看著她。她緩慢地把雙臂放下來，手肘和肩膀的關節發出劈里啪啦的響聲。她的眼前又閃出閃電的模樣，臉上必定是閃過了一絲痛苦的神情，使唐堯德把他的拇指放到了牙齒間咬著，癡癡地看著她。溫熱的血液如精液一般從她的肩膀流到她的手肘，然後又流到她的指尖。她的手臂如蚊翼一樣抑不住地顫抖，彷彿血管裡爬滿了長著許多腿的微生物，正在她的血液中鼓譟著。

唐堯德一直躺在床上睨著她，直到她把麻痹著的手伸到自己眼前，試探性地把手掌揑成一個拳頭又鬆開時，他突然哈哈地大笑起來。他笑的時候，手不住地往床上拍打著，使他那已經軟下來的短小的陰莖，在他的腿間不住地搖擺。他的笑聲如凱旋曲一樣，抑揚頓挫，高揚不止，充滿著富有感染力的興奮。陳一心用手指輕輕劃過自己屁股上的掌痕，彷彿用手指追蹤著祖國的高山和低谷樣，嘴角在唐堯德的笑聲中不自覺地向上揚起來，然後她赤裸裸地軟在了地上，也開始笑了起來。

他問：「高潮了？」

她繼續笑。

他說：「哈哈——媽的！」

第五章

早上，紅色的太陽從海底升起那一剎，唐堯德讓陳一心馬上加入中國內地學生聯會。他說，咱們今天就不要白天見面了，直接在晚上十一點，準時與其他幹事一起在學校的麥當勞集合。說今天有重大事情要發生，你好好準備一下，什麼都別問我，現在我什麼都不能告訴你，到時候你會知道是什麼事。

他走了以後，陳一心去洗了個澡，把乾在腿上的精液沖洗掉後，接著又去超市買了罐曼秀雷敦——到健身房的更衣室裡，把衣服全都脫下，然後跟隨著對他動作的回憶，尋找著身體上的傷痕——薄荷藥膏與傷痕的化學反應，產生了一種與昨天晚上不太一樣的快樂和痛。之後，她背著書包去上課。從第一課上到最後一課，她都打著十二分的精神，像海綿一樣，把教授所有的話都完全吸進去，彷彿她的腦殼被打開了，來自全世界的訊號魚貫而入。這是她進入香城大學以來，第一次真正知道課上講的是什麼。數學課上，她不但明白了公式的運用方法，還開始明白公式的來源與種種之證明；會計課上，她不僅能夠完美地填滿每一種報表，還知道了各種報表所代表著的不同財政狀況。她聚精會神，什麼都不想，對聽課外的任何事都沒有感覺——像是一個在洗澡的人，通過水和沐浴露，把雜念完完全全地除掉了。在她專注的意志下，她以驚人的速度把腦海逐漸恢復成一種純粹的白色，使她感到許久以來，第一次的徹底平靜。

下課後，她主動約了A、B、C們一起吃晚飯。在飯桌上，她與他們又說又笑，對答如流。A說，最近的 project 好多，組裡面的人要不是不做事情，要不就是做完了要他從頭改一遍。她回答說，唉，你真係慘啦！處理這一點小事情，對你來說是小意思啦。A那雙老鼠般的眼睛便笑得瞇起來：哪裡哪裡，哪裡有你厲害呢。大家安靜了一陣，B又試探性地問著她，你好久不跟我們一起吃飯了，到底是在忙什麼？不會是為了哪個男孩重色輕友吧？她便說，最近考試多嘛，我平時上課又不聽講，當然要好好複習啦。哪像你，桃花運旺得一年四季都是春。B就嘻嘻地笑著道，講什麼呢，亂講。他們就這樣吃著說笑著，既沒有人再問她的近況，也沒有人覺得她突然的邀約，有任何不常之處。在這一天裡，她並不去想唐堯德要她加入他學會的目的，也不去想今天晚上要做的所謂重大事情。她順情如勢地對付著身邊的情況，易如反掌地應對著不同的人對她的不同需求（和周曉榕說過的一樣，水倒進了容器裡，就能變成任何容器的形狀）。身邊的人因此對她產生了足夠的喜愛，有了要與她親近的欲望，這讓她更感到了一種來自自身的力量，感到了她的成熟和周詳——既然唐堯德讓她好好準備，她就好好準備著，用自己最好的狀態，去迎接她接下來未知的使命。

在晚間，她回宿舍放下書包，換了一身輕便的運動裝。接著在臉上畫了一層底妝和眉毛，並稍作猶豫後，畫上了一條內眼線。唐堯德前些禮拜送了她的一瓶不知名的白麝香香水，她把這香水在左右手腕上分別噴兩下，再蹭到耳背上，然後就快步出了宿舍門。

她是晚上十點四十五分時到麥當勞門口的，通過玻璃門看見裡面到了幾個人，也就坐在麥當勞外的長椅上，低頭玩著手機。後來她聽到了唐堯德的聲音，似乎正低聲跟與他並行的甲討論什麼，於是她抬頭等他們進了麥當勞的門，才跟著推門走進去。

這時候已經到了十點五十九分，麥當勞裡的食客開始逐漸散去，只剩下四五個人坐在角落裡吃消夜。學會裡的人都已準時到齊了，大家圍著餐廳中間的一張長桌坐下聊著天，一見她進來，都熱情地向她招著手。這樣一來，她本來昂揚的情緒，倒成了無所適從的害羞。走到他們之間，她聽著他們普通話流暢的交談，惶惶地把到了嘴邊的「hi」吞了回去，想如果自己說「大家好」，會不會顯得過分客套和拘謹？她看著他們輕鬆的衣著和姿態，又覺得自己身上的白麝香味十分突兀了，像一個小學同學聚會上，有人穿了西服打了領帶出席樣。最後，她怯怯地在長桌邊上坐下來，忙亂地與大家招了招手。

唐堯德站在長桌最中間，開始慢慢講話了，聲音溫熱如一只蒸熟後剝了殼的雞蛋。他說：「既然大家都到齊了，我就先來介紹一下吧——這是我們的新成員——陳一心。雖然學會幹事名單已經上報給學校了，但一心來我們學會，為的不是什麼名利，是真心實意地要來給我們幫忙的。大家有很多地方可以跟她學習。可以這麼說，一心是我們學會的祕密武器。過來呀一心，我給你介紹一下——這位是咱們的內務副主席甲，這位是外務副主席乙。」

接著唐堯德又給她介紹了下面七八個人。她與他們一一握手時，看到他們客氣、友善的目光，禁不住猜測他們對自己和唐堯德的關係知道還是不知道，知道了又有什麼真實的想法？

不等她對這些考慮想像出一個所以然，唐堯德忽然提高了嗓門大聲道：「好了——就這樣——準備行動吧。」

然後他像一個木刻版畫裡面的人物樣，把右手捏成拳頭，高高地了舉起來。

這時陳一心正嘗試著把這些人的名字轉換成英語拼音記起來，就看見其他人一言不發，迅速地在唐堯德面前站成了一條直線。她狐疑地看著唐堯德，只見他提起下巴，直直地站在那裡，並不去迎接她充滿疑問的目光。這讓她覺得他舉著拳頭的樣子，彷彿是另一個人。為此，她嘗試回憶他高潮射精那一刻的虛弱，讓那個唐堯德和此刻嚴肅的唐堯德重疊在一起，就發現自己和唐堯德，不再是情人間的親密，而是人類生生不息地繁衍的偉大性和無盡性。

她就這麼胡思亂想著，隨著其他人站到了隊伍的最後邊。

在唐堯德的帶領下，他們走出麥當勞，一直沿著學校的山坡往下走，直到山腳下的足球場。足球場建在海邊上，慘白的球場燈瀰漫在夜色裡，照亮了海浪末端的泡沫，如無數海洋的眼睛在眨動著。唐堯德讓大家站在球場正中央，圍著自己形成一個圓圈兒。在十一個人的沉默間，陳一心覺得自己的思考顯得格外凌亂而喧囂——她又想起許久之前在石灘上看到的一幕，覺得恍如隔世般。想到幾天前把她捆吊在櫃子上的人，看看面前指揮若定的唐堯德，又覺得捆她的不是面前這個人。世界太不一樣了。此時和彼時，距離如同是地球和月亮間。唐堯德站在大家圍起的圓圈正中央，燈光霧一樣灑在他臉上，使這時的他，看起來莊重、神聖，遙不可及，難以冒犯。

所有人都在看著唐堯德。

這時候，唐堯德突然抬起左腳，狠狠地跺在草地上；又抬起右腳，同樣用力地跺下去。最後他擊了一下掌——掌聲如拍翅而飛的鴿子樣一飛沖天——咚、咚、啪——他的跺腳與擊掌，就這樣形成了一種簡單的三節拍。如此這般，他重複了兩次。然後，好像上好發條而運行的鐘，所有人都開始隨著節拍跺腳和擊掌。

陳一心像愛麗絲一樣掉進了一個無窮無盡的地洞，絲毫無法抗拒地心野蠻的吸引力，於是跟著節拍動起來。

咚、咚、啪！咚、咚、啪！咚、咚、啪……

當十一隻左腳同時踏進草地裡，她能聽到草根被折斷的聲音；十一隻右腳同時踏進草地裡，她能聽到地下蟲子被跺死後身子爆開的聲音。然後一擊掌！她的雙腳雙手，又好似連上了另外十人的雙腳與雙手。她的大腿肌肉與別人的大腿肌肉一起收縮著，雙掌的骨頭與別人雙掌的骨頭一樣相互碰擊著。她專注無思、心如止水，因為大家都專注無私、心如止水。

當大家的動作節拍掀起狂濤波瀾的時候，她也跟著掀起了狂濤和波瀾。她完全融入他們了，成為了他們中的一員。所有人的眼睛都看著唐堯德，身體與唐堯德的身體相融在一起。

唐堯德往前走一步，大家也往前走一步。

唐堯德向足球場外狂奔而去，大家也跟著他狂奔而去。

唐堯德一邊跑著一邊高舉雙手，大家也任由雙手在空中隨著他們的步伐而搖擺。

最後唐堯德停了下來。

大家也都停了下來。

繼而他（他們）抬起頭來，目光盯著不遠處學生會大樓的灰色磚牆，便都從心底升起了一股與大樓一樣巍峨、龐大而醜陋的期待。他（他們）推開大樓的大門時，一陣涼風從烏黑的走廊深處撲過來，使他（他們）不可抑制的興奮與難耐，都如同一隻（群）在黑夜裡潛行著的貓般，輕手輕腳，靠直覺穿行在模糊灰暗的走廊，找到了盡頭那扇用密碼鎖住了的門。

唐堯德在門前停下腳，轉過身來面對大家。在走廊那一片陰濕厚重的模糊中，他的兩隻眼睛如兩盞鬼火一樣在空中漂浮，使得大家心裡的期盼與熱切，一瞬間都同時達至了峰頂。

「甲，去把東西拿來。」唐堯德壓著嗓子說。

甲朝遠處走過去，又從遠處走回來。回來的時候，他手裡提著一個很大的塑膠袋。

唐堯德瞟了瞟那個那個塑膠袋，清了清喉嚨，接下來他的說話聲，便如接連發出的子彈一樣響起來：

「各位幹事——狗急了跳牆，這是千古不變的一個恆常的道理。很遺憾，這個道理在昨天再一次得到了的證實。又有一個沒有自知之明的人，在意氣用事的情況下，自作聰明地做了一個愚蠢的決定……

「前天晚上，在食堂裡發生的事，這裡的人大都親自經歷了。國際學生學會挑事打人，這所有人都明眼所見。從任何角度看，都是他們首先選擇了暴力，屬於理虧的一方，是明顯地犯錯。我為什麼要說狗急了跳牆呢？不知道是不是外國人都這樣——昨天早上，當校方問及此事的時候，他們的主席，一個叫 Victoria 的人，因為知道自己肯定沒理兒，就先發制人，反咬一口地跟校領導說咱們剝奪了別人的權利，說咱們是霸權，完全不尊重民主。我去你媽的霸權——我有不讓別人發表意見嗎？別人對我的說法也沒有意見啊！你管別人為什麼會聽我的呢？那是他們自己自由跟我定下了協議，甚至可以說，這個結果就是自由經濟市場的產物嘛，怎麼就不民主了？」

講到這兒，唐堯德頓了頓，露出一個滿意的笑：

「校方嘛，讓咱們息事寧人，怕事情被傳媒知道了，影響學校的聲譽。至於學會宣傳的事，校方說先擱置一下，從後再議。好了，我和這個 Victoria 和校方說完話，正從校領導辦公室裡往外走，你們猜，她突然跟我說了一句什麼話？

「You filthy bastards.

「『Filthy』——大家都懂吧，那就是骯髒的意思。聽到這裡，我可謂茅塞頓開了。」

待自己的聲音在空中飄蕩時，唐堯德驕傲地揚起頭。大家都看著他，好似孩子們第一次仰頭看著迪士尼樂園的城堡般，既覺得不可思議，又願意全心全意地相信魔法即將來臨。

他從甲手裡把塑膠袋要過來：

「有另外一句老話，叫『以其人之道，還治其人之身』。Victoria 是英國人，在古代的英國，你們知道他們是怎麼樣處置犯人的？如果你是小偷，他們會把你偷東西的手釘在木柱上；如果你是騙子，他們就把你騙人的舌頭割下來！所謂『師夷長技以制夷』，她不是說我們骯髒嗎？那我們也得使她感到骯髒吧。」

說到這，唐堯德緩緩地把手伸到塑膠袋裡，從裡面提出一個正方的透明塑膠箱。在模糊的光亮中，所有的人都伸長脖子，要嘗試看清箱子裡的內容。唐堯德這時伸出一隻手掌，做出一個向下壓的動作，示意大家冷靜耐心點。

「在我身後，」唐堯德講故事一樣敘述著：「是學會共用的儲物室——這是所有學會一起用來存東西的地方，相信咱們不少幹事也都到過這裡了。從今晚起，這兒會成為我們戰爭開始的地方——是我們內地學生為自己在這校園裡的權益開始抗爭的地方。從今晚起，不會再有人敢欺負我們了，沒有人再敢打我們的人。」

說著他從褲袋把手機拿出來，把手機的手電筒打開。手電筒的光柱，像一把威武的長劍一樣指到地面上。大家在肅靜莊嚴的氣氛下，都把身子站直起來了。

吡啦！

光芒突地轉到了那個透明的箱子上。頓時間，陳一心感到她的雙臂和雙腿一下子與她的身體脫離了，驚顫到沒有知覺了。

天！是一箱子的蟑螂！

牠們一隻疊著一隻，從箱子底一直疊到箱子蓋。因為驟然刺來的亮光，蟑螂們同時活動起來。陳一心通過箱子透明的外殼，清清楚楚地看到蟑螂的肚子，以及肚子下面拚命划動著的六條毛茸茸的腿。蟑螂的腿踩在蟑螂的背上蠕動著，使她乍然想起昨天晚上，唐堯德攀在自己背上的情景。

「——陳一心！」

彷彿有人從很遠的地方叫著她的名字，陳一心回過神來，臉上驚恐而滾燙。唐堯德把自己身後的門打開了，可以看見儲物室裡一排又一排的不鏽鋼架子拔地而起，一直沒到天花板的一片黑暗裡。唐堯德像站在地獄之前的閻羅王，從那裡看著縮在人群後的陳一心。

大家給她讓出一條通道來；她不得不戰戰兢兢地走到唐堯德的跟前去。

「為了證明你對大家的忠誠，今天就先請你把第一隻蟑螂放到敵人Victoria的包裡。」唐堯德盯著面前的陳一心看了一會兒，然後把目光落到了大家身上去：「等她放完了，咱們大夥兒齊心協力，團結一致，把蟑螂都倒進他們的東西裡。我們要讓他們記住——血口噴人沒有好結果。瞧不起咱們中國人，說咱們髒——最後髒的是他們！」

甲首先鼓起掌來，大叫一聲「好！」，之後所有的人也都歡呼起來了，聲音一直傳到走廊的盡頭，撞到牆壁上又翻滾著折回來。

陳一心驚一下，腿上一軟，一個踉蹌幾乎要倒在地上。

唐堯德的手臂繞住了她的腰。

「不要怕。」他在她耳邊說。

「我……不行。我、不要……」

眾人的歡呼把她捧了起來了。比起恐懼，她感到更多的是一種困惑。

「我知道你可以。為了我——你一定可以的。」

她感到他扶著她的手，熱得像地獄裡的火，把她身上、身體裡的全部——她的不安，她的疑惑，她的身體本身一絲不留地融化著。

甲從箱子裡取出一隻一指長的蟑螂來，他的手指夾在蟑螂的兩邊，蟑螂的腿在空氣中划出「絲絲」的聲音。他把蟑螂遞到陳一心面前。她尖叫一聲，跌到唐堯德的懷裡。

「我們從校長辦公室往外走的時候，你知道她還跟我說了什麼嗎？啊？」

唐堯德在她耳邊細語著，他嘴裡像毒液一樣的霧氣使她的耳朵又濕又熱。

「她說，你的第一次給的是她。」

唐堯德箍著她的手臂越來越緊。她感到她的胃被什麼頂到後背處，使嘔吐物從胃裡慢慢被擠到咽喉間——她的陰道也變得如她的耳朵一般又濕又熱了。

他說：

「你能想像我的痛苦嗎？啊？」

她閉起了眼。

「你就不能為了我，承受這麼一丁點兒的痛苦嗎？」

原來是這樣。原來是這樣的一種雙重報復。她的屈辱使她顫抖著，把手向前伸去，慢慢地把緊攥著的拳頭張開，直到她手掌朝天，那隻蟑螂落進她的手心裡。這時她頭皮麻痹的感覺，如同昨晚她的雙腕從皮帶裡解開之後，所感到的麻痹一模一樣。

當陳一心從昏迷中睜開眼睛時，首先看到的是要亮未亮的天空。天空像一條穿著黑色薄絲襪的腿一樣，用一層黑色的雲裹住後面鉛白色的光。唐堯德支著頭在身旁看著她。她開始感覺到身下的一塊塊石頭，粗糙地頂著她赤裸的背，才意識到她再一次回到了現實裡，一如游泳時，剛抬頭吸了一口氣，又再次把頭埋到水裡般。

唐堯德說：「你暈過去了，剛才把蟑螂放到她包裡你就暈了。後來你醒過一陣兒，做愛以後你就又暈了。」

海浪沖上石灘，發出如天空一樣顏色的聲音。她用雙手把臉完全遮蓋起來，在漆黑中，她看到周曉榕的尖叫聲，像一朵毛茸茸的紅色的花在黑色裡面綻放。她想，我做了不可原諒的事，她永生永世都不會原諒我了。她打了一個顫，把手挪開，讓自己看著目無表情的天空，以及唐堯德沉重的臉。雲在她上方的天空聚集起來，似乎要把她的焦慮化作雨水般落下來。

唐堯德說：「你不要以為自己很痛苦，你都不知道自己昨天晚上濕成什麼樣兒了。」

溫熱的海水舔著她的腳。一陣風夾帶著海的腥鹹吹在她身上。她身上的幾道血痕熱辣辣地痛起來。

「冷。」她說。

唐堯德從自己身旁把外套拿來蓋在她身上。

他問她：「她當初為什麼不要你了呢？」

她想起自己第二次暈倒之前，他把皮帶從腰間抽出來的情景。那時候她的心臟跳得飛快，發出咚、咚、咚的聲音，就好似有人在她身體上拚命地奔跑著。她雙膝跪在石頭上，面朝著沉甸甸的大海——啪！海浪扯了上天，皮帶鞭在她赤裸著的背上，在她背上燒出一條火一般的痛楚——她的身體突然變得輕起來。再來，快把我發射到天空中——

「你說誰？」

「你不是跟 Victoria 上過床嗎？後來呢？她怎麼不要你了呢？」

唐堯德鞭打她的時候，使她想到父親生氣的樣子。父親從來沒有打過她，最生氣的時候，他曾經對她發出過一聲充滿哀傷的吼聲。他的聲音一直都很小，所以吼到高處，聲音會破裂開來，像一個啞子在用力要說話樣。然後他就邁著憤怒的步子，一言不發地回到自己的房間。她總是被困鎖在父親沉默的憤怒中，永遠尋找不到原諒和解脫。

她如父親一樣沉默著。

「你待會兒回去睡一下，十一點的時候去室內游泳池等她。」

「什麼？」

「昨天我在她包旁放了紙條兒，讓她早上十一點在游泳池裡見。你去了跟她說，蟑螂的事兒是你幹的。警告她不要再亂碰我們的人。」

她又想起他停下來時，她已經數不清皮帶在自己身上落下了多少次。皮帶不再落下的那一刹，不知從哪裡猝不及防地傳來幾聲狗吠聲，嚇得她尖叫了起來。他大汗淋漓地爬到她身邊，像狗一樣把頭往她的雙腿上蹭，問她說，可以嗎？

她邊把濕透了的內褲脫下，邊喘著氣道：「可以，你快點來，用手指也好，我就差一點了……」

他在她面前站起身來，把自己的褲子脫下。細小又醜陋的陰莖像指天椒一樣立在那兒。他握住自己的陰莖上下快速搓揉起來。陳一心爬到他跟前，要把他含在嘴裡，卻被他一把推開：

「你滾開——我不要你！」

身上的傷同時迸發出紅閃閃的痛，她的眼淚隨著海風掉到了海裡。她再一次暈了過去。

在泳池，她把腳放到水裡面，腳背也就染上了泳池水的黑藍色。氯的氣味像詛咒一樣掛在她頭上。蒼蠅有許多雙眼睛，他也好像有許多雙眼睛。蒼蠅的腿跟蟑螂的腿十分類似。雖然是室內游泳池，可她還是感覺到了涼颼颼的風。或許風是從瓷磚之間的縫隙擠進來的，好像她緊身的Speedo 泳衣，把她的肉往身體裡面擠。她坐在泳池邊上，思考著若她現在跳到水裡，身上的傷會不會有昨天那麼痛。這種想法抓住了她的咽喉，彷彿一隻從游泳池底伸出來的手，幾乎要把她扯到水裡去。她用力扳著游泳池的岸邊，避免自己掉下去，直到手掌變白了，徹底的沒了力氣，才向後躺下，仰頭看著游泳池天花板那幾排像牙齒一樣的ＬＥＤ燈。

周曉榕的腳步聲亂哄哄的，既有拖鞋碰觸地板的聲音，又有腳踩到拖鞋裡的聲音。這些聲響從頭頂傳來，使陳一心閉著眼睛，不敢去看那張即將要出現的臉。

「我不想講話。」周曉榕說。

她已經站到了自己的身邊。陳一心聽到了周曉榕的話，又聽到了自己心臟中咚咚啪、咚咚啪、咚咚啪的節奏如狂地跳。周曉榕的聲音一旦落下，陳一心腦子裡的那個周曉榕，就猛然活了起來。她閉著眼睛，像睡著了一樣，竭力拖延著與周曉榕的見面。

周曉榕跳下了水去，水花狠狠地飛濺到陳一心的身上。陳一心艱難地用手肘撐起上身子，睜開眼看著周曉榕潛在水裡的身影。水划過她象牙白的背和腿，好像她沒有移動，而是水在移動般。然後她的頭從水裡冒了出來，又迅速地潛了回去。陳一心留意著她呼吸的節奏，想像著她再冒出頭來的時候，自己一手掐住她的脖子，把她從水裡提起來，看她求自己放過她的醜陋的樣子——她實在未見過周曉榕醜陋的樣子。

就這樣等了許久，等到她幾乎忘記了唐堯德的存在，周曉榕才從她的腳邊冒出頭來，一隻手攀著泳池邊，一隻手擦掉臉上的水，喘著粗氣對她說：

「Today’s been a shitty day.（今天實在是很糟糕。）」

「我今天也過得不太好。」

周曉榕並不在乎陳一心回答了些什麼，她又憋了一口氣把頭扎到水裡去，將身子沉到泳池底。待她再次從水裡冒出來的時候，陳一心看到她眼白處的微絲血管全都爆裂了，連眼珠上也霧上了一層濕淋淋的血，使她的眼睛變得近乎是一種模糊的黑。隨之她的聲音也變得黑暗而模糊，好像她還沉在水裡，聲音是從水底冒出來的：

「我永遠無法忘記那個畫面了。你知道，我的課本都放在儲物室——今天早上我自己一個人，去儲物室拿課本時，我把書包的拉鍊打開——裡面……裡面全部都是蟑螂——我僵在那兒怔了很久，牠們一直往外爬，我慌忙把包扔到地上，牠們就一直追著我……」

她邊說邊顫抖，眉毛的尾端上下跳躍，兩排牙齒不受控制地互相撞擊著。陳一心覺得頭頂的ＬＥＤ燈搖搖欲墜，隨時都要砸下來。她低著頭看著泡在水裡的周曉榕。她沒有化妝的臉，像一件洗得褪了色的衣服樣，蒼白得沒有輪廓。她被游泳池漂成白色了。一種突然感到厭棄的直覺抓住了陳一心的腳踝，使她幾乎想一腳踹到周曉榕的頭上，把她踩到水裡去。

她不耐煩地打斷了周曉榕的話：

「你不用說了，是我做的。」

周曉榕倒抽了一口氣。

她吸氣時發出電視劇裡長劍入鞘的聲音，使一種莫名的興奮湧在陳一心的喉嚨。她在一種缺氧的快感裡低頭看著浮在她腳下的周曉榕，看到她臉上徹底沒有了顏色，靜止不動地杵在那裡。乒鈴乒嘭地，周曉榕強大的外牆一瞬間在她面前倒塌下來了。

「是他的意思？」

「是我做的。」

「是他的意思，是不是？」

「都跟你說了，是我做的。」

「是他的意思，是不是?!」

周曉榕仰頭望著她，脆弱得像一隻在水裡瑟瑟發抖的貓，讓陳一心覺得十分可憐和可惡。她不禁想起自己過去多次仰望著周曉榕時，會否也曾令她有過這種厭惡感？

「不是他，是我。只有我。」

周曉榕撐著游泳池的邊緣，像沒有魂的鬼一樣直直地從水中飄出來，無聲無息地挨著陳一心坐在池邊上。當她看到周曉榕手臂遇涼而起的一層雞皮疙瘩時，幾乎是反射性地向外挪了挪。

周曉榕像一根落在了地上的羽毛一般顫抖著。

「ＯＫ。」周曉榕用濕淋淋的手在手臂上反覆上下搓揉著。陳一心通過她手臂之間的罅隙，看到她的乳溝和兩隻乳房，慘白得起滿了白芝麻般的雞皮疙瘩，隨著周曉榕逐漸平息下來的呼吸而徐徐漲起或落下。泳池對岸的八座跳水台，像八個墓碑一樣，有序地從岸的一邊排列到另一邊。泳池裡的水，這時平靜得死了般，成為了固體凝在池子裡，承載住跳水台以及她們兩人的倒影和寂靜。

到最後，周曉榕抱起了腿，把下巴擱在膝蓋上：

「你最近還好嗎？」

「為什麼這麼問？」

「我看你應該過得不太好。」

「是嗎？」

「嗯，剛才來的時候，我看到了你的背。你新的那些傷痕像蛇一樣，從你的屁股鑽出來，順著你的背向上爬，好像一直要爬到你的喉嚨，要把你咬死樣。」

「這樣死的話，倒也很快活。」

周曉榕一直緊緊地箍著自己的腿，上臂因為過度用力而開始翕動著，這使陳一心想到蟑螂的翅膀了。她一動不動地看著周曉榕，眼前浮現出中學的教堂牆壁上，聖母低頭看著那些祈禱的人所露出的悲憫的目光。

彷彿終於下定了決心般，周曉榕把嘴湊到她的耳邊像蛇一樣說：

「你為什麼變得這麼噁心呢？」

「哈！」

「噁心還醜陋。」

「你有覺得我好看過嗎？」

「倒也是……不是我可憐你的話，當初怎麼可能會肏你……」

「你就是個婊子，Victoria。」

「而且你在床上像一條死屍樣，一動不動……我的天，真替你男朋友感到悲慘。你是我肏過的最醜陋、無聊的女人了。」

她的話擊中了聖母像的眉心。聖母的頭劈里啪啦地粉碎到教堂的地上，她的身子因沒了頭顱而搖搖欲墜著，最終也從半空翻滾下來。

周曉榕刷地一下站起身。陳一心一把扯住她的手腕，也站了起來。她緊緊抓住周曉榕的雙肩，像是抓住一個正要往窗外跳的夢遊中的人：

「是你自己沒有屌，就不要去學別人肏女人。你都不知道我男朋友肏我的時候，我叫得多歡啊。你想不想聽我叫叫看？讓你聽聽他肏得我有多爽啊！」

接著她開始呻吟——閉起眼睛，回想著周曉榕那雙軟綿綿的乳房，想像著把周曉榕的乳頭含在嘴裡，放在舌頭和上顎之間的感受——啊——她急速地喘息著，游泳池裡的水又活了過來，順著她的小腿一直往上爬，在她的陰道裡肆意蕩漾。她的小腹一收縮，呻吟的聲音便從喉嚨裡化作粉紅色的霧噴將出去——泳池裡的水不住地蒸發著，四面牆壁之間的水蒸氣漫溢出來，使她們的身上黏上了一層粉紅色的水珠——

「你閉嘴！」周曉榕打斷了她。「你不用再叫了，你這種淫蕩的聲音我熟悉得很。你這樣倒是提醒我了，前些天，你來我房間那天的晚上，他來找你上床了吧。你在隔壁吵得我根本睡不著，我就走到你門前，想著叫你小聲點。誰知你連門都沒關嚴——哈，我什麼都看到了啊——你被綁起來的那幅賤樣，我真想一巴掌打在你的臉上。噢，但這還不是最精采的——最精采的是他脫了褲子以後，我看到他那條可憐的小陰莖——」

啪！陳一心一巴掌打在她的臉上。

「哎呀，不要這樣嘛，我知道你這樣叫的時候，腦子裡想的都是我——我可以給他的小陰莖保守祕密啊。」

周曉榕的手纏上了她的腰，一下子咬住了她的嘴唇，又去咬她的下巴、脖子和鎖骨。她的手臂緊緊地勒住陳一心的背，壓在她一道道露在泳衣外面的傷痕上，使她眼前浮現出一道道白色的痛楚。她掙扎起來，像一條砧板上的魚，從周曉榕刀鋒似的懷裡滑出來，兩隻手按在周曉榕的兩個乳房上，猛的用力一下把她推到水池裡。水花直直地扯到高空，又像雨一樣劈里啪啦地落在她的頭上。陳一心逃跑似地向更衣室飛奔而去，撞開了更衣室的門，她差點被軟坐在地上的唐堯德給絆倒。

她看見唐堯德的目光，空蕩蕩，黑濛濛，像一條沒有盡頭的海底隧道。

第六章

「你不要怕。」

陳一心最終還是把手從唐堯德那軟綿綿的陰莖上拿開了。

清晨時，窗外的天空逐漸變成不鏽鋼的顏色，濃稠地鋪在了窗戶上，把他們困在了房間裡。在金屬般的空氣裡，她看不清他的臉。他不說話，連呼吸聲也細得若有似無。

「你唔使驚。」她又用廣東話重複了一次。兩人之間的距離一下子變得十分近：「我會幫你整鳩個賤人。」

他把頭埋在她的胸口處，彷彿快要窒息一般開始大口呼吸並抽泣起來。過了不知多久，當晨鳥的叫聲機關槍一樣噗噗噗地打在他們的窗戶上時，他開始像一個嬰兒一般吸吮起她的乳頭來。

第七章

印表機像一隻正喘著氣的狗，痛苦地發出吭哧吭哧的聲音。陳一心低頭端詳著剛剛列印出來的黑白照片，看著照片裡周曉榕大方得體的微笑，幾乎相信她真的已經死去了。

她當然沒有死，不然她將怎樣感受到陳一心計畫為她帶來的痛苦呢？陳一心一直都在想像自己給周曉榕那致命的一擊時，周曉榕將不得不直視她的眼睛，親自見證她自己愚昧和大意之結果。這個愚昧和大意的結果便讓陳一心再次成長、成熟了，成為了一個不會再被她壓在身下的女人。陳一心儼然成了一個母親般的守護者。而至於周曉榕這種滿嘴道德理論，實際上卻永遠只想著自己利益的人，最後將不得不從她的道德高地滾下來，滿身傷痕地躺在失敗者的墳場裡，徹底地閉上她那雙永遠誘人的眼。

想到這一刻，陳一心發現天空為她變成了一種接近玻璃顏色的藍。淺藍深藍、高高低低的穹在遠處的山頂上，使天地之間的距離變得非常遠。這天這地還有她，都一樣地透亮而清晰。早晨九點前，她獨自一個人走遍校園，把周曉榕的黑白照片貼在了校園裡的每一塊告示板上，還在周曉榕的兩隻眼睛處，用紅筆都打了兩個叉，又在照片底下用中文印了三行字：

時間：今晚九點

地點：星巴克集合

活動語言：廣東話

接著，她把內地學生聯會的甲乙丙丁戊己等人召集起來，開始為晚上的活動進行一系列的準備。

聯會裡的幹事們，對於她這種突如其來的領導與任務的分配，沒有一絲的抵抗或疑問。就這樣在短短的一個下午裡，他們走遍了香港島、九龍、新界，收集了活動所需要的所有物資。在她的強大意念下，她覺得一切都是有可能的，似乎連頭上的雲都低低地垂下來，與他們一起孕育預謀著這場空前的事。

晚上九點，偌大的校園安靜得如墳場一樣。他們十個人坐在星巴克門外的籐椅上，能聽見彼此的呼吸聲。唐堯德沒有來。冬還在，初春卻似乎也到了，他們嗅到了春天的氣味。濕厚的空氣重重地壓在他們的頭上，像一條吸了水的棉被。空氣裡的生機，使他們灰色的臉上出現了一層淺綠色的蠢蠢欲動。

「今天麻煩各位了，請你們盡量少說話，千萬別讓他們聽見你們講普通話。」她再三囑咐道。

教學樓處傳來一陣興奮的談話聲。同時說話的人有好幾個，他們的字字句句都擠壓在一起，使陳一心無法辨認出他們到底在說什麼。他們背著教學樓大堂的光，連臉上的輪廓都模糊一片著。

行屍走肉！

望著那些前來的身影，陳一心頭腦中浮現了這樣的想法。然而待那身影近一些，有一種莫名的熟悉感，使她彷彿聞到一種曾經遇到過的氣味樣。陳一心盯著他們看，原來是她的同學A、B、C們幾個人。他們見了陳一心，都不約而同地站下來，及至見她坐在甲乙丙丁的一群裡，臉上都露出驚怔和疑問，有見陳一心故意把目光從他們身上瞟到了別處去，便交頭接耳幾句話，朝著咖啡館裡走去了。

這時有人到陳一心面前，小心翼翼地問了句，這就是那個活動嗎？陳一心點了頭。那人又問她，到底是什麼事情呢？馬上你們就要知道了。她神祕地這樣回答著，隨後逐漸增多的人群裡，忽然出現了一陣騷動聲。有人拿出手機對著人群拍照片，還招呼大家擺出一種握拳高舉的戰鬥姿態來。這一來，聚的人就越來越多了，黑黑鴉鴉一大片。到這兒，陳一心看看手機時間是九點半，她從籐椅上站起身來，呼喝一聲道：

「——各位同學！」

頓時人群安靜下來了，所有的目光都齊刷刷地轉到她身上。燈光和幾個手機螢幕的光，在大家的臉上鋪了一層不自然的青，使他們看起來像電視劇裡的殭屍般。

「今天我們的活動會以廣東話進行。」陳一心用英語大聲說：「因此我們強烈建議聽不懂廣東話的同學現在就離場，謝謝你們的配合。

「各位同學：你們是運氣非常好的一群人。因為你們即將目擊一件在香港所有校園都史無前例的事！今晚大家如果要錄音、錄影，我都無任歡迎。明天哩，當全校都知道今晚發生的事情時，沒有來的人一定會超級後悔，超級妒忌你們！不過請大家今天晚上守好秩序，不要喧譁；否則，出於安全考慮，我唯有請你們離開。好——如果現在沒有其他同學要加入我們的話，就請大家跟緊我出發。」

大家都面無表情地抬頭看看陳一心，之後就跟著她開步行走了。

行屍走肉。陳一心的這個想法帶著一種友善的諷刺，像大人在思考著孩子的傻氣樣。她向前走著，他們也走著。而她停下時，他們也都止了步。她想起唐堯德帶領他們從麥當勞走到球場時的情景，止不住微笑起來。而身後的人，這時臉上也都帶著茫然的好奇，每個人的嘴都半張著，像在水面上極力要呼吸的魚，眼睛又彷彿睡著一般，毫無目的地跟隨著眼前的事物去移動。就這樣，所有的人都像她的影子一樣緊緊跟著她，這又讓她想到盤古開天那時候，直立在天和地之間的情景，那麼現在所有的人，或許都是盤古的影子了。

就這樣，她帶著他們一直沿著山坡的車路往下走。一路上都是模糊的月亮和路邊的林。一絲絲條狀的風，不住地撲過來，把紫色的空氣橫著切成了一片又一片。陳一心高漲的情緒在風中舞蹈著，有時升上去，有時墜下來，使昏黃的燈光裡樹影婆娑，片片落落。到一個岔口她將腳步停下了。向山下走的路在這兒分成了兩股道，左邊的通往學生宿舍，右邊的通往教職員宿舍。三岔路口的中間有一個迴旋處，陳一心就站在迴旋中心的小島上，看著大家像一片黑雲一樣不緊不慢地向她湧動著。

甲乙丙丁們從人群中走到她眼前，從背包裡取出了準備好的齊天大聖、黃大仙、觀音菩薩、關公、耶穌基督、聖母、李嘉誠和特首的像（因為買不到李嘉誠和特首的像，就把他們的照片列印出來，黏在兩根木柱上），他們把這些神像圍繞著陳一心擺成一個半圓形。人們看見那些像，紛紛發出猴子般嗷嗷的起鬨聲，都舉起手機來拍照。陳一心瞪著眼，把食指豎在嘴唇前，兇狠且急速地向他們發出一聲「噓！」——他們都因此嚇了一跳，甚至有人踉蹌著向後退了幾步。

霎時間，大家鴉雀無聲，只還有風聲從他們耳邊呼呼地奔騰而過。

看著大家，陳一心幾乎想要笑出來。她又想起自己多次從人群中看著唐堯德時，他的身體像黃山一樣挺拔嶙峋。於是她也挺了挺腰身，使自己的脊髓從上到下發出劈里啪啦的響——她正瘋狂地向上生長著，頭頂幾乎能碰到浮在天空低處的雲。如此她俯瞰著眾人說：

「大家今天來到這裡，可能是因為都看到了我在學校貼的 poster。想知道我跟 poster 裡的那個人有什麼恩怨嗎？而我們的私人恩怨又跟你們有什麼關係呢？這兒我就跟大家直講了——是，照片裡的這個 Victoria，的確是跟我本人有深仇大恨。但我們之間的糾紛，跟你們的關係卻是你們意想不到的千絲萬縷。所以，請你們先收起你們的那種看好戲的態度，聽我跟你們講講這件事情的來龍去脈。

「這個 Victoria，第一次得罪我，是因為我男朋友和她在食堂為了一些小誤會碰撞了兩句，她和那班 international 就直接上來群毆我們！是個正常人都不會猜到，可以有人猖狂到在食堂裡什麼都不管就這樣野蠻吧？作為文明人，我們當然不跟她一般見識，用蠻力解決問題——我們對這件事做了合理的回應，把事情上報了給校方。結果你猜怎麼樣？校方什麼都不敢做，還叫我們息事寧人。但這個 Victoria，卻一直記恨我們，竟然開始每天晚上在我宿舍房間門口偷看我！當我讓她不要再這樣侵犯我私隱時，她竟然威脅我，說已經給我拍下了照片，要把我的照片洩露到整個香港去！

「這件事情發生以後，我就不斷思考一個問題：我們學校也算是全港數一數二的大學了吧？為什麼在這個校園裡，可以允許這種瘋狂的、不合理的事情發生呢？而且當港人受到不公平對待後，又完全不可能得到公義呢？

「大家應該都知道，整個香港的學校都喜歡自詡 international，做什麼事情都想著要邁向國際。我看哩，反而是向外國人賣身還差不多。為了讓香港的學校多一點外國面孔，各個學校每年亂招一堆國際學生，而我們學校在這方面尤甚，因此這些外國人將學生平均素質拉低，使學校變得越來越差。不止是這樣，學校還對這班人鞠躬盡瘁，久而久之讓他們中的某些人變得十分猖狂。比如說剛才提到的 Victoria，今年年頭就向學校提出要增加國際學生的宿位——不怕粗俗地講句——增佢老母啦——學校新起的那棟三十號宿舍，不是已經都全部給了他們嗎？好，今年下學期的宿位已經派完了，我相信這裡大部分香港人都沒有派到宿位吧？我每日上學放學加起來來回四個小時，都沒有宿舍可以住，這樣公平嗎？國際學生說如果沒有宿位的話，就等於逼他們租房子住，要他們挨貴租；但你們想想，我們有多少香港學生也因為上學放學路途太長，要在學校附近租房子？香港政府有規定，非本地學生的數量不能超過本地生的二十%。連政府都知道要先照顧好自己人，這學校卻當我們是垃圾。每年我們交幾萬塊學費，學校卻拿著我們的錢，倒貼去請外國人免費來這裡讀書。

「嗱，我不是種族歧視——事實就擺在大家面前，是誰在歧視誰？這應該十分清楚了。你們聽完之後，如果覺得只是我的私人恩怨，也可以當作是看看熱鬧。但如果你們同意我的意見，覺得香港人是時候要為自己的權益發聲了，那麼就請你們跟我們一起，嚴懲這些小人去！」

說到這兒，陳一心的頭頂彷彿滾過一串轟隆隆的雷聲，彷彿他們被埋在了地底，聽到地面有卡車輾過般。頭頂著天，腳踩著地，她就這樣看著面前人群臉上一片迷茫的神色。A、B、C們望著她，臉上原有的猶豫成了敬畏和遵從，這使她突而想起小時候父親說過的話：不要講大話，講大話會被雷公劈。她有一種想要振臂高呼的衝動，想對雷公高聲嬌喘：劈我吧！劈我！

就這麼，甲乙丙丁在她的目光暗示下，開始向大家每人派發了一張紅色的紙條，上面整齊地寫著：

打你個小人頭，打到你有氣冇訂透；
打你個小人面，打到你成世都犯賤；
打你個小人眼，打到你成世被人斬；

打你個小人耳，打到你生仔冇精子；
打你個小人頸，打到你周身都性病；
打你個小人胸，打到你後門被人捅；
打你個小人手，打到你有錢唔識收；
打你個小人腳，打到你有鞋冇腳著

與此同時，戊點燃了三根線香遞給她。她雙手高舉著香，呼隆一聲，宛若粗長的雷從天空深處直直插了下來——啊！——那些正在低頭閱讀紙條的人們，忍不住叫了出來。他們抬起頭，聽見陳一心口中念念有詞，面對著齊天大聖、黃大仙、觀音菩薩、關公、耶穌基督、聖母、李嘉誠和特首的神像彎下了腰。香末的煙像蛇一樣朝天空攀爬而去，鑽進他們頭頂的紫色雲層，使空氣裡面瞬間灑滿了煙火的氣味。陳一心朝著神像鞠了三個躬。香灰在她彎下腰時斑斑駁駁地落在她頭上，又隨著她直起身子而翻滾在她的衣服上。

她從甲的手裡接過一張畫著小人的白紙符，取出一張周曉榕的照放在紙符上，拿著紙符和照片，在一根點燃了的蠟燭上繞了幾圈，對著神像哀求般地說：

「上天！請你為我們主持公道吧！請你讓這些無惡不作的賤人們，得到應有的報復吧！」

雷聲不住地從穹頂射在她的臉上，她的身體從裡到外都震動著。乙給她搬來了一張矮凳讓她坐下來，又遞給了她一隻從唐堯德房間拿來的拖鞋。濡濕的風拂著她的臉，她把拖鞋舉起來，帶著威嚴又滿面春風地對著人們喊：

「請大家跟我一起念口訣！」

「嗒！嗒！嗒！嗒！」她發了狠地把拖鞋重重打在周曉榕的臉上，動作整齊有致，讓她想起小時候練琴時拍子機發出那種金屬的聲音。她以每分鐘六十拍 lento 的節奏，抑揚頓挫，鏗鏘有力地朗誦著：

「打你個小人頭，打到你有氣冇訂透！」

——她眼前出現了周曉榕後腦勺的形狀，精緻而脆弱，用一隻手掌可以從後面輕輕兜起來。一束閃電在雲層內極速地竄過來，像在大腦的神經細胞之間穿梭的電流般。

「打你個小人面，打到你成世都犯賤！」

——她看見周曉榕的臉在水底隨著水波蕩漾。開始下雨了。雨點落在水面上，把她的輪廓模糊得一塌糊塗。陳一心把臉上的雨水擦掉，堅決有力地命令著大家：

「大聲點叫！叫哇！我要聽到你們的聲音！」

大家的念咒聲，本來敷衍而模糊，這時卻隨著沉穩的節奏和陳一心亢奮的呼喚而變得響亮起來了。冰藍色的雷聲鋪天蓋地，與他們紫紅色的惡咒在半空中碰撞成一道道閃電，呲啦呲啦地把雲層撕開，而雨點落下時，揚起了滾滾霧氣——「嗒！嗒！嗒！嗒！」——她手上使著勁，看著山上的教學樓一棟棟地被她砸得倒塌下來，碎磚亂瓦飛濺而起，又滾落一地。

「打你個小人眼，打到你成世被人斬！」

——周曉榕琥珀色的眼底裡燃燒著熾熱的火。連此刻從天上劈里啪啦掉下來的雨，也像一滴滴融掉的蠟一樣灼著她的肌膚，燒得她胸膛裡又熱又癢——

「打你個小人耳，打到你生仔冇精子！」

——她想把周曉榕的耳垂放在舌根處，然後小心翼翼地把她耳朵的軟骨放在牙齒間，慢慢把牙齒沉下去，直到周曉榕雙唇之間吐出狂風一樣的喘息——

「打你個小人頸，打到你周身都性病！」

——咬她的脖子，然後把齒痕舔掉——風呼呼地把她臉上的雨珠吹到她揚了起來的頭髮上——

「打你個小人胸，打到你後門被人捅！」

——把頭埋在她的雙乳之間，又把她的手放在自己的乳房上，讓閃電從乳頭竄到陰核——

「打你個小人手，打到你有錢唔識收！」

——把她的手指吸到嘴裡，直到她的手指插到咽喉處，然後霹靂一聲，輕而清的天空與重而濁的地，像一道被拉起來的褲鏈樣合二為一，因此沒有了陰陽，也沒有了世間一切的概念——

「打你個小人腳，打到你有鞋冇腳著！」

——天地玄黃，宇宙洪荒。齊天大聖、黃大仙、觀音菩薩、關公、耶穌基督、聖母、李嘉誠和特首一絲不掛，在地上七零八雜地躺著喘息著。她徹徹底底地濕透了，卻又在雨水裡把自己和眾人都燃燒成了火。

．

我把池子給毀了。

唐堯德的髮梢、下巴和衣角都噗嚕噗嚕地往下滴著水，在他站著的地方積了一個潭。他直接往床上一躺——陳一心衝上去，把他拉了起來，床單上卻已經濕了一片：髒死了。他嘻嘻一笑，捧著她的臉，又說：我把池子給毀了。室外的那個。你要不要去看看？Fuck。鮮紅的血起了稜角，鋒利的稜角刮著她子宮壁。她用手按著下腹，說：Fuck！想起自己好像很久都沒有睡過覺。她由得他拉著往外走，天要亮卻亮不起來，勉強地亮成一片雨色。要帶傘。她說。他們撐著傘，渾身濕淋淋地在大雨滂沱的清晨穿著拖鞋走。她的腳冰冷而月經在她的子宮裡流轉著。大雨順著傘滑下來把他們罩住了。室外游泳池蓋在海岸邊。真真確確地毀了——泳池靠海的那一邊，完全塌了進來，一塊塊方形的淺藍色小瓷磚四處散落，有的沉落在泳池水底，有的浮在泳池水面上，被雨水打得飄來飄來，像一隻隻翻了腹的小蟲子。在滂沱大雨中，灰色的海水掀了起來，像一條巨大慵懶的海龍樣，從泳池垮掉的那一邊滑到泳池裡。唐堯德對她說了句什麼話，但她只聽到她自己的頭疼得哐哐哐地響，心臟每跳一下都好像要衝出腦殼。你看，我把池子毀了！——他又對她說。不知道是哪一年，那年她低著頭不敢看父親的眼。父親問她：你到底是為了什麼？她問唐堯德：你用斧頭砸的？父親根本沒有指望著她回答。唐堯德的眼鏡上蒙了一層細小的雨水，她看不見他的眼。她忘帶衛生棉了。那年她還未知道自己到底是為了什麼，與父親同樣驚訝地看著那碎了一地的玻璃，也是像這些小瓷磚一樣碎得到處都是。Shit，她忘墊衛生棉了，又黏又腥的血液從陰道裡滑下去，縮緊著下腹肌肉都擋不住。Shit，父親說，玻璃在他的腳掌上劃破了一道口，又黏又腥的血珠開始從傷口滲透出來。唐堯德說：我告訴你你可不能生氣。為什麼父親從來不生氣呢？父親沉默的眼神像海水一樣淹到她的脖子，使她有一種溺水的恐懼。如果他當時打她罵她，或許她就不會那麼怕他。但他只會問她「你到底是為了什麼」這種小孩子根本不可能回答的問題，等於把她放到了死胡同後隻身離去。月經已經完全浸濕了她的內褲。整個陰唇乃至肛門都像被包上了一塊濕布似的。唐堯德向她解釋：

昨天晚上，游泳池都關門兒了，我看她一個人在這兒游泳，就啥都沒想，一下子跳到水裡，從後面把她抱住了。我從後面抱她，她都不知道我是誰，大聲叫著喊著，又想要拿腳踹我。但在水裡她腿移動得慢了些，我就立馬兒把她的腿夾在了我的腿之間，又用一隻手把她的嘴捂住。她掙扎啊，她掙扎，我告訴你，那雷聲就轟隆隆的響了起來，那閃電就聚集成一個光團在我的頭頂。那一刻，我第一個想法是：天助我也！真的，我當初自自然然就想到了這句話。這樣想完，我一低頭，就看見我那玩意兒長得快要把我內褲都撐破啦！那還是我沒勃起的狀態。你知道我自打出生以來醫生都說我那兒治不好，沒戲的。現在就有點像那個什麼呢，皮諾丘的鼻子一樣，就那樣變長變大了。我緊緊地用我的腿夾住她，閃電一下子就劈到了海上，然後嘩——一個巨大的浪——有十層樓高吧——在我們的面前非常緩慢、非常緩慢地升了起來，跟我的那個巨大的玩意兒一起升了起來。她看到浪就不動了，又或者說是動不了了，就那樣直直的在我面前站著。我趕緊把我內褲脫了下來——然後那浪就一下子塌了下來，剛好塌在了那個岸邊（他指了指崩了的池邊）。我看到那邊的地面開始裂開了，就把她的泳衣也扒了下來，想也不想就插進去了——嘿，我費了好大的勁才插得進去——就這樣一直聽著她哭啊喊啊，我一邊費勁的抽插著，泳池就不斷地震動著，海浪瘋了一樣的從天上劈下來，泳池裡的磚都被我和海浪震下來啦！她看到這一幕，連叫都不叫了。海浪一直這樣打到泳池裡。很奇怪，當時我完全聽不見浪的聲音，反而聽到海那邊很遠的地方，很清晰的傳來「嗒！嗒！嗒！嗒！」的聲音，有點像是敲木魚的聲音，讓我覺得非常的平靜。我就跟著那個聲音的節奏那樣插啊，插啊……

她說：你太噁心了。

他的臉上充滿受傷和驚訝的表情。十年以來，陳一心第一次真正思考父親那天問她的那個問題——十年前的那個早晨她看著桌子上那只裝著半杯水的玻璃杯（那是母親送給父親的生日禮物）想到母親說她晚上要見客戶不回來跟他們慶祝陳一心盯著那只一動不動的玻璃杯不自覺地就把手放到玻璃杯的杯口然後就把手指插到水裡面去通過玻璃看到手指脹大起來然後她手就那樣往外一撇，杯子就一下子摔下去了。當杯子碎開的時候，她感到難以置信。她到底為了什麼？看到這一切的父親，自然是不能理解的。現在她努力地回想：是不是因為母親不回家吃飯，而不自覺地產生了恨意？她想不是的。難道她是純粹喜歡聽到玻璃杯碎到地上的聲音，還是她壓抑得要通過這種方式去釋放內心積蓄的莫名情感？不，絕對不是這樣的。是她想用這種破壞性的行為來尋找，又或者毀滅愛？錯，完全錯了。唐堯德說：你不想看看我嗎？他把褲子脫了下來。哦，她會不會像唐堯德一樣，需要通過破壞去征服她的父親、去向別人證明自己？但她清楚地知道，這並不是她證明自己的方式。她看到了他的陰莖，像一條死了的什麼東西，的確長得一直下垂到他的膝蓋處，滑稽得讓她想要笑。她痛得好像她從來沒有不痛過——就彷彿她的子宮是一條魚，正在被賣魚的人刮去鱗片——月經順著她大腿根一直滑落下去，又沿著她的腳背涓涓地流。濃稠的、腥臭的經血，像一條活著的什麼東西，向泳池一直流淌而去，直到泳池徹徹底底地變成了一池子的血。然後她又看到了很久以前夢見過的那條很小很小的，飛行著似的金綠色的魚，鱗片被刮光，在大雨滂沱中向還未亮起來的穹頂拚命地衝。她馬上把雨傘拋開，把鞋子踢落，跌跌撞撞地跑過游泳池外邊被沖得稀巴爛的圍欄，在海邊奮力揮舞著手臂，對著那條魚高呼：「回來！回來！」你到底是為了什麼？不為什麼，只是無聊而已。原來她一直以來，都忘記了十歲的那個早晨她於剎那間領悟的道理：她就是個孩子，僅此而已。至於生日慶不慶祝，在哪裡吃晚飯，學校如何成為國際學校，香港如何做到一國兩制，乃至於國際社會要不要對北韓實施制裁，中國和美國是什麼關係，中國和英國是什麼關係，中國和整個地球是什麼關係，這個人愛不愛她，性與愛之間到底有沒有因果聯繫這種問題，都不是她能決定的事。於是，她煞有其事地繼續活著，不經不覺地又做了好些無聊的事。

她抬起頭來，剛好看到魚撞上那塊用玻璃做的天空後，極速翻落下來的樣子。太陽又出來了；謂語助者，焉哉乎也。

後記一

甲的日記與唐堯德的錄音

九月二十八日（週五）

下班後，到超市把這週末所需的食物一次買完，以防週末斷糧。

唐哥打來電話，問我家住址；問有沒有給他暫住的地方。我問他為什麼和什麼時候來，他不願在電話上說。

公司傳聞只要罷工就馬上開除。

小沫取消週末的香港行，有些難過。

九月二十九日（週六）

老闆打來電話布置了許多工作。回不去辦公室工作，只好在家裡用小電腦工作了一整天。累！

從新聞上看到有內地人被扔磚頭。不敢出去，在家裡吃了一天泡麵。

唐哥又打電話來，說有非常要緊的事，讓我必須馬上去他家把他接到我家來，還說他快要餓死了。我不想去，但他很堅持。現在寫完日記就要打車去。

九月二十九日（週六）深夜

唐哥重傷。我到他家，看見他根本站不起來。腿廢了，好像沒有了骨頭，腳踝完全是向外的，小腿像吊在身體上那樣。我問他發生了什麼事，要叫救護車送他到醫院，他使勁尖叫，不讓打電話；要我馬上把他接到家裡。他和我說話時嘴唇都白了。只好打車，抱著他下樓，把他弄到家。之後把他放到床上，給他弄了一碗麵吃。

他昨天一天沒吃飯。

去房間想問他到底發生了什麼事，他卻睡著了。

考慮叫救護車把他送到醫院去。

給小沫打電話商量這件事，她也主張快叫救護車。

唐哥睡了不到半小時，疼醒在房間裡叫我。給他量體溫。他高燒三十九度三。高燒中他終於說了事情的始末，還讓我幫他錄下來，說要用來做證據。不知道是不是燒傻了。當天把錄音給小沫聽。她說不知道他的話有幾分真。為了保險起見，還是先不要叫救護車了。

唐堯德的錄音（一）：

開始了嗎？我開始講了啊。不是，你……OK、OK我要開始講了

我的名字叫唐堯德。我性格樂觀，沒有自殺的傾向和意願。我爸叫唐偉，我媽叫王芳，他們住在北京朝陽區。如果我出了什麼事，請各位手足幫我聯繫他們，告訴他們事情的真相！你離我近點兒行嗎，這樣說話太費勁了。哎呦，我先來跟你講講到底是怎麼回事兒。從頭說起……啊？昨天中午，我跟幾個同事出去吃飯，就在街市旁邊那個翠華那兒。正吃著

呢，那個D哥，我跟你說過D哥吧？就是我們組的老闆，特別噁心，這個人，我跟你說，D哥就給我打電話了。說什麼客戶說，我的模型裡有幾個數兒錯了，必須要現在回去馬上改一稿。馬上、我馬上起身回辦公室。剛走沒幾步路，D哥又打電話來了，哎呦那個催，就問我走到哪兒了。我說走到街市附近了，他罵我說什麼「屌你老母啦跑啦柒頭，唔該你跑啦」，你聽得懂嗎？哎呦，腿太疼了，有沒有冰塊敷一敷？得了，我還是先把這個給你講完吧。意思就是操你媽的，你趕緊給我跑回來。整個組裡就是這個D，不知道為什麼特別恨我，但我一邊給他在電話上道著歉，一邊就真的了跑起來。過德輔道中那個馬路時，不管三七二十一，我往辦公室的方向衝。那時我啥也沒看，也沒看清路上都是示威者，還有好多武裝警察。哇……現在想起來，他們一個個戴著頭盔，有的還拿著長槍，也不知道是不是真槍。我那樣急跑著，沒有看到那些示威者和警察打起來了，然後一不小心，我撞到一個正往前跑的防暴警察身上了。媽的，媽的他一把抓著我的手臂——這兒……像鉗子一樣，你看，現在都腫起來了。

甲：哎喲，真的都腫了！我還是先給你拿些冰塊敷著，消消腫。

唐：你給我坐下！我讓你走了嗎？坐下。

我說我撞到那個警察身上了。他一把抓住我，用另一隻手裡的胡椒噴霧使勁往我臉上噴。你沒被胡椒噴霧噴過吧，那時候真的，都以為自己的臉著火了你知道嗎？哇，有好幾秒鐘，沒有任何空氣可以進入我的喉嚨。他噴完了就撒手。他突然一撒手，那個反作用力，使我往後退了幾步。他媽的，丫的後面有個井蓋兒被人掀走了，我毫無預警的，一下子就掉到那個下水道裡頭了。那個下水道，至少三米深。我落到了井底，聽到咔嚓一聲——我的腿斷了。可當時我不知道疼，也沒有意識到那個聲音就是腿斷的聲音。這時有示威者，看我掉下去就馬上跑過來。他們一定是以為我跟他們是一夥兒，我聽到他們叫我「手足！手足！」我就回應他們，用粵語喊救命。他們把一根繩子垂下去，讓我綁在臂膀上，就這樣慢慢把我拉上去。我操，那時候根本沒有想到害怕，那時候……你別碰我腿！

甲：對不起對不……

唐：上去以後，我眼睛辣得睜不開，只是很模糊地看到了藍天和白雲。那時候，我的感覺非常奇怪，好像我通過下水道，去了另外一個世界樣。又好像我一直都在下水道裡，第一次看到天空。嘿，是不是有點像井底之蛙那個成語故事呢？上來以後，我以為他們會讓我躺著，等救護車來。但他們馬上把我抬了起來，也不知抬到了哪兒，反正是抬到了離案發現場特別遠的一個地方。這時我以為他們發現了我是內地來的，要把我帶到哪兒去私刑。當時我還想喊救命，但被胡椒噴霧嗆得喊不出來。後來他們停下來了，把我放到地上歇著，問我家住址。我邊咳嗽邊說，趕緊把我送到醫院去啊？其中有一個人低頭看著我，把口罩扯下對我說，兄弟啊，你真的要去醫院？一進去，可就真的出不來了。上次中槍那位手足，一出院就被逮捕了，現在各大醫院都重兵把守著呢。我說，我又沒幹什麼違法的事，警察憑什麼逮捕我？他們說，醫院裡的警察看到你被胡椒噴霧噴過，還傷成這樣，他至少要告你襲警啦！你一個大陸人，是不是以後都不打算要回去啦？

他們這樣一說，我當時也拿不定主意了，就問他們我身上的傷該怎麼辦？他們說，看在我一個大陸人都支持這場運動的份兒上，給我介紹一個地下醫生，之前治好過很多重傷的人，平時要找他還得排隊呢。

（停頓。痛苦的呻吟聲。）

甲：哎呦唐哥，你先歇會兒再說吧……

唐：就這樣，他們給了我那醫生的祕密聯繫方式，把我送到了家裡，還給我留下了他們的電話。說實話，他們真的是我見過的最善良的人。我也終於理解到了什麼叫真正的革命友誼。回到家，他們把我放到床上後，給我特別細心的清洗了眼睛，又給我倒了水，餵了吃的。等他們走了後，我在家裡躺著，想了大半天，還是下不了決心去醫院。腿一直在腫脹，覺得再這樣下去，腿都要疼得爆炸了。這時我爸剛好給我打了個電話，我把事情跟他說了。他認為這事情能自己解決就自己解決，假如被人認定了是這種政治事件的積極分子，那就真的完蛋了。他這麼一說，我心裡咯噔一聲，也覺得真的不能冒這個險；不能把自己的前途斷送了。而且我跟你說過，我爸在國企，國企的書記。我不能因為這事兒影響到他。反正救我的那幾個人，說那個地下醫生也靠譜；他們走前把我加到了幾個示威者的群裡面，我看群裡也有不少人提到這個醫生的名兒，好像還真行。後來我就跟醫生聯繫上了，跟他說了我的情況，給他拍了些我腿的照片。醫生說能治。我一聽心裡也就踏實了。雖然素未謀面，但醫生回信息的那種語氣，給人一種特別靠譜的、特別能幹的印象。於是我就打電話讓你把我接來了，我總得找個人給我做飯給我洗澡啊不是（笑）。

甲：那醫生是要來這裡看你嗎？還是得把你送到他那邊？

唐：他說明天就能來。來——你幫我跟他說一下你家的地址，我沒力氣打字了。

甲：那我把錄音停了啊？

唐：停了吧。

唐堯德的錄音（二）：

唐：忙了一夜，疼了一夜。甲好像睡著了……跟他說話都不理我……我要把這段話……錄下來，因為萬一我死了，總得留下個因果吧……不過，我怎麼會死呢……甲昨天和醫生電話聯繫了，說醫生一大早上就來。醫生看了我以後，應該不久腿會好。哎呦，媽呀……公司那兒，明天得讓甲幫我去請假。我不想上班，也不能上班。我要把我預防萬一的遺言錄下來。聽著，我公司電腦的用戶名是ydtang，密碼是大寫E大寫K三小寫l問號小寫er2……2。我如果真的真的死掉了，你幫我登入到電腦裡，打開我們組的共用資料夾……然後，打開所有的文件，把文件裡的內容全部刪掉，刪掉……點儲存。看到所有的什麼開會材料，所有的什麼模型，全部把內容刪掉。千萬別把文件刪了啊，我想讓他們在見客戶之前，把檔案打開，才突然發現這一年以來的工作，全都沒了（笑）。這樣我的在天之靈，一定會覺得特別爽、特別爽。不過我不會死。那個醫生很牛逼的。那個醫生……哎呀。我現在到底在哪兒啊？這不是我家嗎？

（十分鐘的安靜）

唐：甲呀……我跟你說。你猜我突然想到什麼了？我突然想到我掉進下水道的那一個瞬間來……你先把燈開開，好黑啊。喂，喂你是不是睡著了？當時我以為那下水道特別特別長，又或者是，我掉下去的時候，掉得特別特別的慢。那下水道比這個房間還要黑。剛開始，害怕嘛，我就閉起了眼，但好像那樣往下墜了幾分鐘，我又開始有點兒好奇了。我睜開眼睛……起碼我以為我睜開了眼睛，但是睜開又好像和沒有睜開一樣。好像我沒有眼睛一樣。後來我又開始感覺不到自己的呼吸了，好像有什麼東西慢慢擠在我的胸口上。我想起我出生的時候，從我母親的陰道擠出來的那感覺，身上黏糊糊的，沾著的一身羊水。噁不噁心？（笑）你倒是答應一聲啊？要是真能再出生一次就好了。甲，你覺得我們留在香港工作二年，是不是活得有些像狗了？想想咱倆上大學那會兒，可比現在風光了。所以現在這幫人搞抗爭，不是也很可以理解嗎？

香港人，抗爭！

香港人，抗爭！

哎呦媽呀（急促的喘氣聲），我的心跳得好快——甲，你來摸一摸。我可不能死，我還得抗爭呢。呦，天亮了……

九月三十日（周日）晚上

地下醫生今天早上六點就來了。

原來是個女醫生，進來的時候戴著口罩，看不出是什麼樣子。把她帶到唐哥的房間裡，唐哥半睡著，她走到他床邊，半句話也不說，盯著他看了好久，也不去看傷口。後來她把唐哥推醒，面對著唐哥把唐哥的口罩摘下了。醫生背對著我，我還是看不到她的臉。唐哥看見那醫生，忽然像是見了鬼，嚇得臉都變成青色了，嘴大張著卻叫不出一點聲音來。他和那醫生對視了一會兒，幾分鐘，醫生突然轉身又走了。

她走的時候戴著口罩，我始終沒有看見她的臉。她走後我問唐哥到底怎麼一回事，唐哥哭起來，讓我馬上把他送到醫院去，不斷讓我快點走，說再拖一分鐘他就要死了。我就叫車把唐哥送進了醫院急救室。

醫院裡的醫生問我為什麼不早點送來，我解釋不清楚。四個小時後，他從手術室出來了，一直昏迷著。

陪唐哥到傍晚，我回家睡。明天是公眾假期，早上再去看他。

十月一日（週一）

唐哥死了。是傷口感染引發的敗血病。

早上去醫院，門口堆滿了記者。新聞上說唐哥的死是「第一宗警殺事件」。小沫說網上還有唐哥掉下去的視頻，我不敢看。

回家後一直木呆呆地看電視上的國慶閱兵儀式。因為那時在醫院，我見了在旺角工作的大學同學A。A告訴我，去給唐哥看病的醫生就是當年那個國際學生會會長，唐哥還帶著我們捉弄過她來著。我問A當時到底是為了什麼捉弄她，但他跟我一樣都記不起來了。

後記二

周曉榕的報警錄音

——喂？是警察嗎？我要報案。我現在身處獅子山山頂，有大批的香港人士正站在山頂的懸崖旁，在一個非常危險的位置上，我認為他們都有極大的生命危險，請你們趕快派人來救他們……我不知道具體是怎麼回事兒，我是個醫生，有人通知我說這邊有人受傷了，叫我來幫忙急救……為什麼不叫救護車？這還要我解釋嗎？你聽我說……

（周曉榕的尖叫聲、喘氣聲、抽泣聲）

——趕快啊——我剛剛看到……有人從懸崖上跳下了！

（周曉榕的尖叫）

——又有一個！又有一個從懸崖跳下了！

（周曉榕朝遠方大叫）

——Fuck！你們在幹什麼！Fuck！你們瘋了！不要、不要……

（周曉榕尖叫）

——快啊！他們都在往下跳！快來，警察……救護車……求你們，快點來！幫幫他們啊！

（周曉榕的喘氣聲，奔跑聲）

——Fuck, fuck fuck fuck fuck……停下！你們停下！

（周曉榕尖叫）

——A、B？？？你們在幹什麼？喂，是我，是我啊！我求求你們，冷靜一點……喂！（周曉榕聲音撕裂）喂！你們不要再往前走了！你們他媽的瘋了嗎？

（周曉榕尖叫後哇哇大哭起來）

——警察，你們還在嗎？喂？我我不知道發生了什麼事，現在已經有七、八個人從崖頭跳下去了……shit!

（周曉榕的腳步聲）

乙、丁！！！我是周曉榕！還認得我嗎？喂！你們說話啊！！！！

（傳來兩個遙遠而模糊的聲音。他們不斷說著：「回不去了，回不去了……」）

——喂？喂？他們瘋了一樣，一個接一個地往懸崖下跳，天啊！你們再不來就來不及了——必須要開直升機，讓直升機從上面……完了完了，他們成雙成對地往下跳，求你們快一點、快一點……

（周曉榕尖叫不止）

（周曉榕不說話，可以聽到錄音裡轟隆轟隆的聲音）

（周曉榕稀里嘩啦地哭，風嗖嗖嘩嘩地吹）

（周曉榕的說話聲輕得幾乎聽不見）

——別來了……別來了……整個香港都已經從這跳下去了……

INK PUBLISHING 文學叢書 635

香港激情・2019

作　者　許　然
總編輯　初安民
責任編輯　陳健瑜
美術編輯　黃昶憲
校　對　吳美滿　許　然　陳健瑜

發行人　張書銘
出　版　INK 印刻文學生活雜誌出版股份有限公司
新北市中和區建一路249號8樓
電話：02-22281626
傳真：02-22281598
e-mail：ink.book@msa.hinet.net
網　址　舒讀網http://www.inksudu.com.tw

法律顧問　巨鼎博達法律事務所
施竣中律師
總代理　成陽出版股份有限公司
電話：03-3589000（代表號）
傳真：03-3556521
郵政劃撥　19785090　印刻文學生活雜誌出版股份有限公司
印　刷　海王印刷事業股份有限公司

港澳總經銷　泛華發行代理有限公司
地　址　香港新界將軍澳工業邨駿昌街7號2樓
電　話　852-27982220
傳　真　852-27965471
網　址　www.gccd.com.hk

出版日期　2020年 8 月　初版
ISBN　978-986-387-353-2
定　價　280 元

Copyright © 2020 by Huiyin
Published by INK Literary Monthly Publishing Co., Ltd.
All Rights Reserved
Printed in Taiwan

國家圖書館出版品預行編目資料

香港激情・2019／許然著
--初版, --新北市中和區：INK印刻文學,
2020.8　面；　公分.（文學叢書;635）
ISBN　978-986-387-353-2　（平裝）

850.3857　　109010321

版權所有・翻印必究
本書如有破損、缺頁或裝訂錯誤，請寄回本社更換